D1690383

Zum Geleit

Wie die Sonnenblume
>   tausendblättrig strahlt

Und die Sonnenfarbe
>   auf die Blätter malt

Soll Dein Wesen werden
>   ganz und gar voll Licht

Wer die Sonne selber ist
>   kennt den Schatten nicht

EPH

Ein Wort zuvor

Eine Vorrede gehört zu einem Buch
wie die Goldfeder
zu meinem Freund Hansueli Wachter.

Zum Strahlenkranz jubilierend vereint,
ergibt sich das Bild der Sonnenblume,
welche heuer zum hundertjährigen Bestehen
des Familienunternehmens
tausendfach in und um Winterthur blüht.

Möge der Dreiklang von Grün, Gold und Braun
beim Erscheinen dieses Breviers
zu einem einzigen, großen
Glückwunschstrauß werden.

Aber im Gegensatz zur Vergänglichkeit
der Blumen wird dieses kleine Werk
Sinn und Geist
über eine lange Zeitspanne weiter tragen,
zur Freude und Erbauung vieler.

Deshalb danke ich allen,
welche mit Hingabe und Sachkenntnis
diese schöne Sache
zu verwirklichen halfen.

Erich A. Schneider   Apotheker

Eine Erläuterung

Aufgrund eines – nebenan reproduzierten – Manuskript-Vermerkes von *Wonnecke* darf angenommen werden, daß dem Autor auf abenteuerlich-verschlungenen Wegen phantastische Beschreibungen von der Existenz fremdländischer Pflanzen zur Kenntnis gebracht wurden. Ob ihm jedoch die in späterer Zeit unter dem Namen «Groß indianisch Sonnenblum» bezeichnete Spezies vom «Hören-Sagen» her bekannt war, läßt sich nicht stichhaltig eruieren, denn *Grijalva* entdeckte das Ursprungsland Mexiko erst 1518 und der nach anderen Werten suchende *Juan Diaz de Solis,* welcher zusammen mit seinem Landsmann *Pinzon* Jahre vorher Yucatan entdeckte, fand 1515 in der La-Plata-Mündung den Tod.

Von der Erdoberfläche waren um 1500 dem europäischen Kulturkreis ja lediglich etwa 22% bekannt, was aber nicht ausschließt, daß frühe Seefahrer schon Jahrhunderte vor unserer Zeitrechnung *(Heierdahl, Kon-Tiki / Ra II)* diesbezügliches Wissen und Kunde mit zurückbrachten.

Leonhardt Thurneysser begegnete der Sonnenblume wahrscheinlich als erster kontinentaler Autor anno 1561 in Spanien. *Johann Wonnecke von Cube* in seiner Niederschrift des Jahres 1483 wörtlich:

«Und do ich uff entwerffunge un kunterfeyung der kreuter gangen byn in mittelerer arbeyt · vermerkt ich · das viel edeler kreuter syn die in dissen teutschen landen nit wachsen Darumb ich die selben in irer rechten farbe und gestalt anders entwerffen nicht mocht dan von hören sagen · Deßhalben ich solichs angefangen werck unvolkomen und in der fedder hangen ließ ...»

Als dann am 28. März des Jahres 1485 sein 743seitiges Werk «Hortus sanitatis» – vom Verfasser auch als «ein gart der gesuntheit» bezeichnete Ausgabe – bei Peter Schöffer in Mainz erschien, fehlte tatsächlich unter den zahlreichen Illustrationen und Beschreibungen dasjenige des später als «Sonnenkron» definierten «24 Schuhe hohen» Gewächses.

Im Buchinnern finden sich weitere Explikationen über Herkunft wie auch Hinweise vorgeschichtlicher, indianider und paläontologischer Richtung.

zur Geschichte

ander kület ygklichs nach dem gradt seiner natuer vnd cõplexion. Des glichen vil ander creaturen vff dem ertrich vnd yn dem wasser dem menschen durch den schepfer der naturen syn leben vffenthelt. Durch welcher kreuter vnd creaturen krafft der kranck mensch in dē vier naturen temperamēt vñ zū synes leibes gesuntheit widder mag komen. Synt dē mal aber der mensch vff erden nit grossers nit ede/lers schatz haben mag dan seyns leibes gesuntheyt. Ließ ich mich bedū cken daz ich nit erlichers nit nutzers oder heilgers werck oder arbeyt begen mochte. dan ein būch zū samen brengen dar yn vieler kreuter vnd ander creaturen krafft vnd natuer mit yren rechten farben vnd gestalt wurden begriffen, zū aller welt troist vnd gemeynē nutz. Dē nach habe ich solichs löblichs werck lassen anfahen durch einen mey ster in der artzney geleret. der nach myner begirde vß den bewerten meistern in der artzney Galieno Auicenna Serapione Diascoride Pandecta Plateario vnd andern viel kreuter krafft vñ naturen in ein būch zū samen hait bracht. Vnd do ich vff entwerffunge vñ kun terfeyung der kreuter gangen byn in mitteler arbeyt. vermerckt ich das viel edeler kreuter syn die in dissen teutschen landen nit wachsen Darvmb ich die selben in irer rechten farbe vnd gestalt anders ent werffen nicht mocht dan von hören sagen. Deßhalben ich solichs an gefangen werck vnfolkomen vnd in der feddern hangen ließ so lange biß ich zū erwerben gnade vnd ablaß mich fertiget zū ziehen zū dem heiligen grabe. auch zū dem berg synay da der lieben iugfrauwē sant Katherinē korper rastet vñ ruwet. Doch daz solich edel angefangē vñ vnfolkomen werck nit hynderstellig blibe. auch daz myn fart nicht allein zū myner selen heyl. sunder aller welt zū stadt mocht komen. Nam ich mit mir einen maler von vernunfft vnd hant subtiel vñ behende. Vnd so mir von teutsch landen gereiset haben durch welsch lant Histriā vnd dar nach durch die Schlauoney oder Wyndesche landt Croacien Albancy dalmacien. auch durch die kriechschen lande Corfon Morcam Candiam Rodbiß vnd Ciprien biß in das gelopt lant vnd in die heiligen stat Jherusalem. vnd von dan durch cleyn arabien gegen dem berg synay. von dem berg synai gegen dem roten mere gegen alcair Babilonien vnd auch allexandrien in Egipten vnd von dan widder in Candien. in durchwanderūg solcher konig rich vnd landen. Jch mit fliß mich erfaren hab der kreuter da selbest vnd die in iren rechten farben vñ gestalt laißen kunterfeyen vnd ent werffen. Vnd nach dem mit gottes hulff widder in teutsch lant vnd heym komen byn. die groß liebe die ich zū dissem werck han gehabt hait mich beweget das zū volenden. als nu mit der gottes hulff vol bracht ist. Vnd nennē diß būch zū latin Ortus sanitatis. vff teutsch

Seitenauszug aus dem Vorwort zu «Hortus sanitatis germanice» des Johann Wonnecke von Cube, Stadtarzt zu Kaub am Rhein von 1484 bis 1503.

Die Stadtärztliche

wiltu eyn wunde
zů sammē ziehēn ōn alles
hefften.
Cap. clxxviii. p̄ra. iiii.
Cap. ccliii. para. vi.
Cap. cccxci. para. vii.

wiltu habē fleisch
wachsen in den wunden.
Cap. clxxviii. para. ii.
Cap. ccxci. by dem ende.

wiltu das eyn
han eyn gantz nacht krewe
Ca. xxxvii. Dias. para. xv.

wiltu das der ha
gel nit in dyn huß schlage.
Cap. cxxx. para. iij.

wiltu dubēn fahē
mit dynen henden.
Ca. clxv. para. xxvij.

Ein zeitgenössischer Holzschnitt
aus dem Hortus: Arzt (mit
Harnflasche), die Patientin
beschwichtigend. Außer
Rezepten finden sich auch
Anwendungsbeispiele
gegen Hagelschlag und das
Zusammenbringen von Tauben u. a.

Kräuterfibel 1485

Flores frumentox kornblomen Cap. rxxij

Flores frumentoru latine. ℭ Die meister sprechen das dise blome wachsen in dē korn. vn der synt etlich an der farbe blae etlich brūn vnd etlich wyß. Diß blomen krut oder wurtzel nutzet mā gar wenig zū artznyē dē mēschen in dē lyp. Aber vßwēdig des lybes mag man die nutzen in dryerley wege nach dē sie dry farbe haben. Zū dē ersten die blaen gemischet mit spangrün vn die vff eyn fule fleyschicht wūden gelegt verzeret das gar balde. Die brune korn blomen gemischet mit bolo armeno vn vmb die wūden gestrichen benympt die hitze dar vmb. Die wyssen korn blomē gemischet mit bly wyß vn baumöle vn darvß gemacht ey plaster kūler vn heyler alle hitzige blatern. ℭ Item die blaen vn brūnen korn blomē gedorret das pulfer machet dem zucker hübsch farbe. Das zucker do mit gemacht mag man nutzen on schaden in den lyp.

Wonnecke als Pharmakologe verwendete vielfach Korbblütler (Compositae), hier eine Abhandlung über Flores frumentox – die Kornblume – nach der heutigen Nomenklatur: Centaurea cyanus.

Leonh. Thurneisser

Thurneisser zum Thurn, schweiz. Arzt und Alchemist, 1531–1596, Kurfürstlicher Leibarzt, bereiste unermüdlich ferne Länder, errichtete Glasfabriken und Druckereien in Berlin, verlegte als Autor Arznei- und Kräuterbücher und entzog sich nur mit Mühe einem Hexenprozeß.

ein Basler Medicus

Thurneisser anno 1545. inn Engeland / vñ findt auffm Beckmont hinder Rockdadali Daucum magnum f. 62.

Thurneisser reiset año 1559. von Tarrantz durchs Butzēthal vbern Teuffels Joch vñ findt ein frembde speciem Dauci. f. 63.

Thurneisser findt Anno 1561. in Hispania ein frembde speciem f. 63.

Thurneisser curirt / Anno 1566. die Breune in Vngern f. 67.

Thurneisser ist anno 1568. im werck die Wasserfluß Europæ zubeschreiben f. 70.

Thurneisser obseruirt ein sunderliche eigenschafft am Cumino Germanico f 82.

Thurneissern werden etliche Scarteken Ioannis Carionis zu theil f. 88.

Thurneisser zeucht Anno 1575. aus Preussen / vnd find in Pommern Petroselinum Macedonicum f 89.

In Aufzeichnungen seiner «Historia» 1578 findet sich u. a. der Satz: «... Gewechs und Kreutter ... so erst aus America ... ankhummen seind, beschrieben werden.» wie auch der hier gezeigte Vermerk, weisen auf die Möglichkeit, daß er als erster kontinentaler Autor mit dem Gewächs «Sonnenkron» (Helianthus annuus L.) schon im Jahre 1561 konfrontiert wurde.

Carrichters

Deß Edlen und Hochgelehrten Herrn
BARTHOLOMÆI Carrichters/
Weyland der Röm. Kayserl. Maj. Maximiliani deß Andern/ Leib-
Medici, und Hoff-Doctoris:

Horn deß heyls Menschlicher Blödigkeit.
Oder/

Kreütterbuch

Darinn die Kräutter deß Teud-
schenlands/ auß dem Liecht der Natur/ nach
rechter art der Himmelischen Einflieſ-
sungen beschriben.

Durch Philomusum Anonymum allen
Liebhaberen der Teudtschen Gewächs zu
einem Exempel/ dardurch er andern weiter
zu suchen Ursach und Anleytung geben
wöllen.

Nachmals durch Doctorem Toxiten
allen Medicis, Pharmacopœis, und Chyrurgis,
auch andern zugefallen in Truck geben.

Mit Keyserlicher Mayestat Freyheit
auff zehen Jahr.

Im Jahre 1606 erschien bei Antoni
Bertram zu Straßburg Carrichters
bedeutsames Werk, in welchem
erstmals die philosophische Richtung
und der Einfluß des Kosmos auf
Pflanzen und die Lebewesen
überhaupt eingehend dargelegt
werden.

Thierkreysse

Außlegung der
Die siben Planeten/was ein jeglicher Planet den Kreut-
tern/Würtzen/Stengeln/Blettern/Blümlein vnd Samen für einflies-
sung/form/gestalt vnd farben gebe. Auch zu welchen kranckheiten die
Artzneyen/so auß solchen Erdgewächsen zu bereitet
werden/gebraucht werden sollen:

Sonn.

DIe Sonn ist ein Herrlicher Planet/der die andern Planeten alle vbertrifft / Also die Kreutter so der Sonn
zugefügt sind/vbertreffen alle andere kreutter. Die Sonn ist
mannlich/alle zeit warm vnd drucken/Ihre kreutter sind fast gut zugebrauchen zu den hitzigen kranckheiten/vnd für die hitzige geschwulsten/zu
den hitzigen pestilentzen/fieber/zu der hitzigen leber/wider das hitzig vnd
vnreins blut/zu dem heissen aussatz/dürzen Frantzosen vnd dergleichen
kranckheiten.

Die Sonn gibt ein schöns langs kraut/die wurtz eines guts geruchs/
vnd rässe/die ist rauch/hat kleine zäserlin/ist angeblüt/Von der wurtzen
getruncken/ist gut wider das vnrein geblüt in dem leib/wider die leber vñ
Lungensucht. Die wurtz zerstossen vnd ober die heissen geschwer/pestilentz
vnd apostemen gelegt / macht bald zeitig vnd heilt. Die wurtz also ge-
braucht/ist gut den aussetzige/Da jemandt inwendig verwundt oder ver-
sehrt were/derselb siede die wurtz in rothem Wein vñ drinckt daruon/Wer
auch an Lung vnd leber erhitzigt were / der trinck vorgemelter gestalt von
dieser wurtzen. Die wurtz heilt die inwendige pestilentz vnd andere ge-
schwer/die der mensch inwendig hat.

Die Sonn gibt schöne zarte/gespitzte/zerkerbte/liecht gelblecht blet-
ter/gleich als wann sie gespreckelt weren/sind nit groß/dick noch breit/ha-
ben ein feyßtigkeit/eines guten geruchs vnd rässen geschmacks. Die bletter gesotten vnd vbergelegt/wider die hitzige geschwulst. Auch den frawen
nutz/so sie auffgeschwollen/Löschen den brand. Der safft von diesen blet-
tern ist gut wider die pestilentz/wider das heiß fieber.

Die Sonn gibt schöne/lange/yngrüne stengel/derselben nit viel/der-
selben sind rauch/habe ein wenig feyßtigkeit vnd ein öl/sind eins lieblichē
geschmacks vnd etwas räß. Diese stengel in rothem Wein gesotten vnd
dauon getruncken / verzert alle gifftige hitz deß leibs/vnd der geschweren/
Ist nutz zu den inwendigen verletzungen vnd vbrige hitz/zu dem erhitzten
blut/zu der erhitzten leber/vnnd sonderlich den leuten die da erhitzige seind
vnd von dem vergicht angestossen werden vnd dergleichen mehr.

Die Sonn gibt schöne goldfarbe/zerkerbte blumen/vnd gespitzte bletter daran/haben ein feißtigkeit vñ ein öl/gleichwol nit viel/sind eines lieb-
lichen geruchs/vnnd rässen geschmacks/vergleichen sich den blumen deß
himelbrandts.

Der Samen ist langlecht/rotfarb/scharpff/vnd schmeckt fast woll.

Bartholomäi Carrichter zu studieren ist, wie auf einen Urahn Rudolf Steiners zu stoßen (Rudolf Steiner, 1861–1925, Begründer der Anthroposophie/1912).

Von Matthiolius

Kreutterbuch
Deß Hochgelehrten vnd
weitberühmbten Herrn D. Petri Andreæ
Matthioli, Jetzt widerumb mit vielen schönen newen Figuren/ auch nützlichen Artzneyen / vnd andern guten Stücken/ zum vierdten mal auß sonderm Fleiß gemehret/vnd verfertiget/

Durch
Ioachimum Camerarium,
der löblichen Reichsstatt Nürnberg Medicum, Doct.

Sampt dreyen wolgeordneten nützlichen Registern der Kreutter Lateinische vnd Teutsche Namen / vnd dann die Artzneyen / darzu dieselbigen zugebrauchen innhaltendt:

Beneben gnugsamen Bericht/ von den Distillier vnd Brennöfen.

Mit besondern Röm. Keyf. Majest. Privilegio, in keinerley Format nachzutrucken.

Gedruckt zu Franckfurt am Mayn/
Bey Jacob Fischers S. Erben.

M. DC. XXVI.

Stark verkleinerter Titelauszug des 524seitigen «Herbariam Medicinam», welcher 1586 durch Joachim Kamerer fertiggestellt, 1624 bei Wolffgang Hoffman in Druck gegangen und 1626 bei Jakob Fischers Erben in Frankfurt am Main erschienen ist.

über Wolffii

Das Dritte Buch Pet. Andr. Matthioli/

Von Sonnblumen. Cap. XLIX.
*Flos Solis Peruuianus.

VOr etlichen Jaren hat man dieses Gewechs auß America vnnd Peru, da es von Ihm selber wechset/ zu vns gebracht/ vnnd ist nun vberall in Gärten vnnd für den Fenstern bey vns also gemein worden/ daß es fast keiner sonderlichen Beschreibung bedarff/ die Bletter seyn breit vnd groß/ der Stengel offt eines Arms dick/ wechst gar hoch

Gestallt.

Groß Indianisch Sonnenblum.   Flos Solis Peruuianus.   Chrysanthemum Peruuianum, siue Flos Solis prolifer.

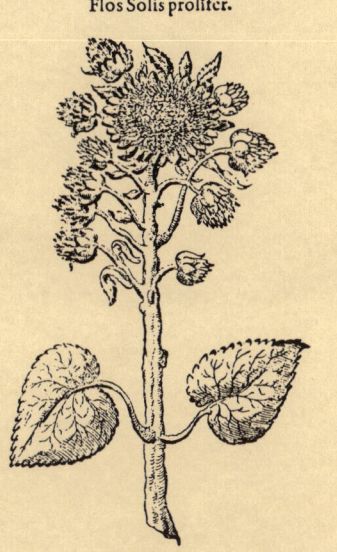

A

B

A
(derwegen es von etlichen Planta maxima genannt wirt) in Hispania bey 24. Schuhen hoch/ vnd nicht viel nidriger bey vns/ die Blum wirdt dergleichen groß als ein ziemlich breit Paret/ welche gar viel weisser oder schwartzer Samen bringet/ dem wilden Saffran nicht vngleich/ allein daß er grösser vñ vnten spitziger ist. Anno 1584. haben wir allhie Blumen gehabt/ die gute zeitige Samen 2362. getragen haben.

«Herbariam Medicinam» als Buch der Rekorde, lange vor Guinness: Der babylonische «Fuß» als ältestes exaktes Längenmaß (Louvre/Gudea) mißt 16 Zoll = 26,45 cm; in Spanien galt der «Schuh» (Fuß) 27,8 cm und in Frankfurt 28,5 cm — folglich ergibt sich eine Pflanzenhöhe zwischen 6,34 m und 6,84 m.

13

und Gessnero

Das Dritte Buch Pet. Andr. Matthioli/

B Man findet auch ein Geschlecht/wie hieneben abgemahlet/ die viel Stengel vnd Blumen tragen/wie dann in Italia eine 24. Blumen gehabt/bey vns aber zehen. Dieses geschihet offtmals von sich selbst/kan aber auch durch Kunst gar leichtlich zu wegen bracht werden. Auch ist eine kleine art/die nicht vber ein oder zwo Elen hoch wirt/welche auch viel ehe zeitig wirt. Man nennet es bey vns auch Sonnenblumen/ von wegen der Figur/vnd daß sie sich nach der Sonnen wendet.

Natur / Krafft / vnd Wirckung. In Leib.

Man nimpt die zahrten Stiel von den jungen Blettern/ vnd lesset sie ein wenig kochen/darnach ißt man sie mit Saltz vñ Oel zugerichtet. Die Blume aber/ehe sie sich aufthut/vnd fast wie ein Artischock sihet/ kochet man gleicher gestallt/ vnd sol auch wie die Artischock jre Würckung haben.

Der Samen/ wie ich selber offtermal versucht/ ist lieblich zu essen/ jedoch hat er zu letzt eine Schärpffe. Etliche halten darfür/daß er wie der wilde Saffran purgiere/ das ich bey mir nicht hab befinden können/kan von andern auch versucht werden.

In der Insel Virginia, deren Beschreibung newlich ist in Druck zu Franckfurt in etlichen Sprachen außgegangen/ pflegt man auß dem Samen Mehl zu machen vnd Brot zu backen.

Aussen.

Es sihet jhm nicht vngleich/als sey dieses Gewechs ein Wundkraut/vieler Vrsachen halben. In der mitten der Blumen findet man ein klebrichen Safft/ welcher ein Geruch hat wie Terpenthin/ So hab zu weilen ich selbst ein rötlich Gummi an dem Stengel gefunden/welches/wie mir ein fürnemer Herr gesagt / in Spania zu den Wunden gebraucht wirt.

Von der Kreut. beschreib. Natur/vnd Wirckung.

So ist es auch wol zu verwundern/ daß/ so man dieses Krauttes Stengel etlich mal von einander bricht/ allein die eusserste Schelffen gantz bleibet/ vnd widerumb zusammen bindet/sehr baldt widerumb zusammen wechset/ vñ gleich wie an einem Beinbruch einen Callum machet.

Indianisch Sonnenblum heisset man Florem Solis Peruuianum, Chrysanthemon Peruuianum, Solem Indianam, Plantum maximam.*

*Die Insel Virginia (Virgin Gorda) zählt zu den 30 Inseln der östlichen Gruppe der über 100 Jungfraueninseln (Antillen) und der damit verbundene Backnachweis betreffend Sonnenblumenkernenmehl dürfte als erster historischer Vermerk gelten. (Vergleiche Thema Brot. und Mehl im Inneren des Buches).

zu Camerarius

Index.   Register.

Register der Teutschen Namen aller

Bäum vnd Kreutter/ so in diesem Buch begriffen. Die Zahl bedeut das blat/ der Buchstab die seiten des blats. Ferner ist zu wissen/ daß wir in diesem Register für y vberal i setzen/ damit man die Namen desto leichter finden mag.

Sommerwurtz	166.d	Pityusa	425.b.c	Solidago	328.b.329.b
Sonchen	148.d	Planta maxima	162.a	Solidago Saracenica	346.c
▶ Sonnenblumen	161.b.c.362.a	Plantago Alpina	316.d	Sol Indianus	362.c
Sonnenwend/ such Krebsblum.		Plantago maior	145.d	Solisequium	436.b
Sonnenwirbel/ such Wegwart.		Plantago media	ibid.	Sonchus aspera	149.a

Register oder summarischer Begriff/

darinne aller Kranckheiten vnd Leibsgebresten/ die dem Menschen/ auch bißweilen dem Viehe mögen zufallen/ Artzney vnd Rath/ sampt etlichen andern Künsten zur Haußhaltung fast dienstlich/ in ein richtige Ordnung zusammen gezogen/ also daß ein jederman in der Eyl finden/ was ihm von nöten/ vnd auß vielen stücken außlesen mag/ was ihm am besten gefellt. Die Ziffer bedeut das Blatt/ der Buchstab die Seite deß Blats.

Abgefallen Zapff im Halß.		Hauptwunden.		Halßgeschwär.	
▶ Sonnenblum	161.d	Indianisch Wundkraut	374.a	Heydnisch Wundkraut	347.a
Hirschzung	290.c	Wild Cucumer	439.a	Brombeerlaub	347.c
Flecken / Masen / Zittermäler/ Flechten.				**Besondere weiß Brod zu backen.**	
▶ Indianisch Wundkraut	374.a			Mehl auß dem Samen der Indianischen Sonnenblum	161.b
Weißwurtz	425.c				

Diese Seitendarstellung wiederspiegelt abschließend in freiem Zusammenzug die unterschiedlichen Benennungen wie auch empfohlene Anwendungsbereiche *Helianthus annuus* L. betreffend.

Wie schon Conrad Gessner um 1540 ein Kompendium antiker Pflanzenbeschreibungen aus Dioskurides, Aegineta, Theophrast, Plinius und anderen Autoren zusammenstellte, erläutert Kamerer zu diesem Werk in seiner Vorrede: «... dergleichen Lateinische und teutsche Schriften schleunig fürzunemmen / und (wils Gott) zum fuerderlichsten in das Werk zu richten.»

Ein Werk und

Neu Vollkommen
Kräuter-Buch,

Mit schönen und künstlichen Figuren/ aller Gewächs der Bäumen/ Stauden und Kräutern/ so in denen Teutschen und Welschen Landen/ auch in Hispanien/ Ost- und West-Indien/ oder in der Neuen Welt wachsen/ deren ein grosser Theil eigentlich beschrieben/ auch deren Unterscheid und Würckung/ sambt ihren Nahmen in mancherley Sprachen angezeigt werden/ derengleichen vormahls nie in keiner Sprach in Truck kommen:

Das Erste Theil,

Darinn viel und mancherley heilsamer Artzney vor allerley innerlichen und äusserlichen Kranckheiten/ beyde der Menschen und des Viehes/ sambt ihrem nützlichen Gebrauch/ beschrieben werden/ es sey mit Träncken/ Säfft/ Syrupen/ Conserven/ Lattwergen/ Wassern/ Pulver/ Extracten/ Oelen/ Saltz/ Salben/ Pflastern und dergleichen: Darinnen auch über tausend hochbewährte vortreffliche Experiment/ und heimliche Künste angezeiget werden.

Allen Aertzten/ Apotheckern/ Wundärtzten/ Schmieden/ Gärtnern/ Köchen/ Kellern/ Hebammen/ Hausvättern/ und allen andern Liebhabern der Artzney sehr nützlich; Auß langwieriger und gewisser Erfahrung/ unserem geliebten Vatterland zu Ehren/ mit sonderem Fleiß treulich beschrieben/

Durch
JACOBUM THEODORUM TABERNÆMONTANUM
der Artzney Doctorem, und Chur-Fürstlicher Pfaltz Medicum, so an diesem Werck 36. Jahr colligirt/ auch einverleibte Kräuter und Gewächs/ den mehrertheil selbsten gebraucht/ und fleißig beschrieben hat.

Erstlichen durch
CASPARUM BAUHINUM, D. und Profess. Basil. mit vielen neuen Figuren/ nützlichen Artzneyen/ und anderem/ mit sonderm Fleiß gebessert;

Zum Andern durch
HIERONYMUM BAUHINUM, D. und Profess. Basil. mit sehr nützlichen Marginalien, Synonimis, neuen Registern und anderem vermehrt.

Und nun zum vierten mahl auffs fleißigst übersehen/ an unzahlbaren Orten absonderlich verbessert/ an scheinbaren Mängeln durchaus ergäntzt/ und endlichen zu hochverlangter Vollkommenheit gebracht.

Gedruckt zu BASEL,

Auff Unkösten und in Verlag Johann Ludwig Königs/ Buchhändlern/
der Zeit in Offenbach am Mäyn.

M DCC XXXI.

Titelblatt-Repro des von 1552 bis 1588 geschriebenen, 1730 in Basel gedruckten und 1731 in Offenbach erschienenen dreiteiligen Großfolio-2°-Prachtbandes mit über 3000 Holzschnitten auf gesamthaft 1619 Seiten.

100 Autoren

AUTHORES
EX QUIBUS HOC OPUS DESUMPTUM EST, ET AB AUTHORE CITATI.

Aetius.
Avicenna.
Avicennæ Glossographus.
Anguillaris.
Aldinus.
Apulejus Madaurensis.
Artemisia Regina.
Antonius Musa Brassavolus.
Andreas Lacuna.
Adamus Lonicerus.
Amatus Lusitanus.
Averrhoes.
Almansor.
Aristoteles.
Æmilius Macer.
Arnoldus Villanovanus.
Aloisius Anguillara.
Antonius Musa.
Actuarius.
Athenæus.
Aboaniva, Arabs.
Alsaharavius.
Alexander Trallianus.
Aurelius Cornelius Celsus.
Andreas Bellunensis.
Apicius.
Antonius Fumanellus.
Bion Smyrneus Poëta.
Conradus Gesnerus Tigurinᵘˢ.
Constantinus.
Columella.
Carolus Wildbergius.
Dioscorides.
Democritus.
Ebenbitar Arabs.
Eberhardus Episcopus Spirensis.

Guilielmus Turnerus Anglus.
Galenus.
Guilielmus Rondeletius.
Guilielmus Varignana.
Gilibertus Anglicus.
Garcias ab Orta.
Georgius de Rye, civis nobilis Mechliniensis.
Guilielmus Rheginus.
Halyabbas.
Hesychius.
Hieronymus Montuus.
Hieronymus Tragus.
Hieronymus Brunswicensis.
Henricus Wildbergius.
Hippocrates.
Heraclydes apud Plinium.
Joannes Boysotus Belga.
Joannes Ruellius.
Jacobus Manlius.   [gius.
Joannes Bruycrinus Campe
Janus Cornarius.
Jacobus Sylvius.   [nus.
Johannes Mesue Damasce
Joannes Vigonius.
Joannes Serapio.
Kirannis.
Lucretius Poëta.
Ludovicus Burgundus Pharmacopola.
Leonhardus Fuchsius.
Leonardus di Breda palea.
Lucius Columella.
Laurentius Phrysius.
Mesue.
Martialis Poëta.
Matthias Lobelius.

Milo Couerdalius.
Marcellus Empyricus.
Milo Couerdalius Episcopus.
Matthæus Sylvaticus, Autor Pandect.
Marcellus Virgilius Florent.
Milo Couerdalius Episcopus.
Matthæus de Gradi.
Nachepson Ægyptius apud Aetium.
Nicander.
Orpheus apud Plinium.
Octavius Horatianus.
Ovidius Poëta.
Plinius.
Paulus Ægineta.
Pythagoras.
Platina.
Palladius.
Petrus Andreas Matthiolus.
Quintus Serena Poëta.
Rasius.
Rembertus Dodonæus.
Raymundus Lullus.
Stephanus Glossographus Halyabbatis.
Simon Januensis.
Simeon Sethy.
Sosibius.
Theophrastus.
Theodorus Gazæ.
Theodoricus Dorstenius.
Valerius Cordus.
Varro.
Varinus.
Xenocrates.
Zoar, Arabs.

Allein die Register sind außer dem üblichen «Index latinus» in neun Kultursprachen abgefaßt. Zudem findet sich als Kuriosum ein «Register der Kräuter auf allerhand Barbarische Sprachen» mit über 200 Positionen.

17

A Theriacks gebrauchen kan/ und wird gerühmet/ daß sie auch denjenigen/ so an der Pestilentz gelegen/ und kein Hoffnung mehr gewesen/ geholfen habe/ und sie wiederum erlediget: Man soll sie aber also gebrauchen/ Nimme Citronensafft zwo Untz/ diascordii ein Q[uintl]. Spec. cordial. è gemmis zwo Scrupel/ Weinessig zwo Untz/ mische sie allesamt mit einander/ und gebe es dem Krancken auf einmal zu trincken/ und soll ein gewisse Kunst seyn wider die Pestilentz.

[Andere gebrauchen es also: Nehmen des Saffts von Lujula vier Loth/ Citronensafft zwey Loth/ die gemeine species cordiales, und die von Edelgestein/ jedes 1. Scrupel/ gemeldter Lattwerge/ Diascordii 1. halb Loth/ Essig zwey Loth/ mischens durch einander/ und gebens auf einmal ein.]

B Es wird auch diese Lattwerge wider andere Gebresten und Schwachheiten mehr gebraucht/ als in altem langwierigen Haubtwehe/ und in andern morbis epidemicis, oder grassierenden Haubtkrancken/ in welchen man es mit Sauerampfferwasser geben soll.

Langwierig Hauptwehe.

[Das Diascordium wird also gemacht: Nimme Zimmet/ Cassiæ ligneæ jedes 1. Loth/ Wasserbathenig 2. Loth/ Cretischen Diptam/ Tormentill/ Naterwurtz/ Galbani, Gummi Arabici, jedes 1. Loth/ Opii anderthalb Quintlein/ Storacis calamit. fünffthalb Quintlein/ Saurampffer Saamen anderthalb Quintlein/ Entzian 1. Loth/ Bolus Armena drey Loth/ Terræ sigillatæ 1. Loth/ langen Pfeffer/ Ingber/ jedes ein halb Loth/ weissen Honig/ dritthalb Pfund/ Rosenzucker C 1. Pfund/ des besten Weins ein halb Pfund/ mach ein Lattwergen daraus.]

Von Wasserbathenig Wein.

AUs diesem edlen Kräutlein kan man auch zur Zeit der Weinlesung einen herrlichen köstlichen Wein machen/ zu allen obernannten Gebrechen fast dienstlich.

Sterbensläuff.

In Sterbenslaufften soll man diesen Wein zustellen/ als nemlich: Nimme weisse Diptamwurtzel/ Tormentillwurtz/ Naterwurtz/ Angelicwurtzel/ Baldrianwurtzel/ Calmus und Bibinel jedes 1. halb Untz/ Zittwen ein Untz/ Wasserbathenig/ Rauten/ Melissen jedes etwan mehr dann ein halb Loth/ Cardobenedicten drey Quintl. Weckholderbeer anderthalb Quintlein/ Galgan/ Zimmet/ Näglein jedes 1. Loth/ Muscatnüß 1. Quintlein/ Muscatenblumen/ Saffran/ jedes D ein halb Quintl. Campher 2. Quintl. mach alle Stück klein/ und beitze sie in zwölff Pfund/ das ist/ in drey Maß guten firnen Wein/ drey gantzer Tage darnach siede den Wein durch/ und behalte ihn zum Gebrauch. Von diesem Wein soll man in Sterbenszeiten alle Tage des Morgens trincken vier Loth/ darnach ein weil darauf fasten: Dieser Wein treibet nicht allein alles Gifft aus dem Leib/ sondern verzehret auch alle böse Feuchtigkeit/ so im Leib ist/ reiniget das Geblüt/ und bewahret den Menschen gantz sicherlich für die Pestilentz.

Gifft aus treiben.
Pestilentz.

Das XLV. Cap.
Von Sonnenkron.

I. Sonnenkron.

ER Sonnenkron seyn zwey Geschlecht/ groß und klein: I. Das erste Geschlecht ist gar ein E hohes grosses Gewächs/ viel grösser dann ein Mann: [Wächst in Spanien/ zu Zeiten auch bey uns 24. Schuhe hoch.] Hat einen stracken/ geraden und starcken Stengel/ fast eines Arms dick/ mit breiten grossen Blättern besetzt/ so rings umher etwas zerkerfft seyn/ Oben am Gipffel erscheinet ein grosse Blum/ der Goldblumen gleich/ aber viel grösser/ fast wie ein zimlich breit Paret/ oder ein grosser breiter Teller/ rings umher mit vielen goldgelben Blumen besetzt: wie an der bemeldten Goldblumen: Wenn dieselbige verfallen/ so bekömmt man einen langlechten schwartzen Saamen/ welcher gar selten zeitig wird:

I. Sonnenkron.
Corona solis I.

II. Sonnenkron.
Corona solis II.

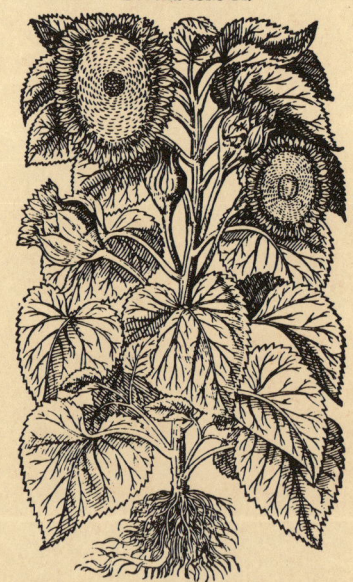

Es meldet Camerarius, daß er ein Blum gehabt/ die guten zeitigen Saamen 2364. getragen habe.

II. Diesem ist das ander Geschlecht durchaus gleich/ ausgenommen/ daß seine Blätter am Stengel etwas rauh seyn/ und die Blättlein an der Blumen länger und grösser wachsen.

II Sonnenkron.

III. IV. So viel die andere zwey Geschlecht anlanget/ so klein Sonnenkron genennt werden/ seyn dieselbige

III. IV. Klein Sonnenkron.

den

Das Ander Buch / Von Kräutern. 1147

III. Klein Sonnenkron.
Corona solis minor III.

IV. Klein Sonnenkron Weiblein.
Corona solis minor foemina.

* V. Corona solis ramosa sive prolifera.

den andern gantz und gar gleich / allein daß ihre Stengel / Blätter und Blumen viel kleiner wachsen.

V. [Es setzt Camerarius noch ein Geschlecht / wie hieben abgemahlet / die viel Stengel und Blumen tragen / wie dann in Italia eine 24. Blumen gehabt / bey uns aber zehen. Dieses geschiht offt von sich selbst / kan aber auch durch Kunst gar leichtlich zuwegen bracht werden.]

Sie wachsen in America, [und Peru,] von sich selbst / werden in Teutschland von vielen in den Lust-gärten gepflantzet / seynd gar gemein worden: blühen etwas langsam im Sommer.

Von den Namen.

Sonnenkron wird auch genennt groß Indianisch Sonnenblum / dieweil sich die Blume nach der Sonnen wendet. Lateinisch Corona solis. Flos solis Peruvianus, Chrysanthemum Peruvianum, und Flos solis, Planta maxima. [I. Helenium Indicum maximum, C. B. Solis flos Peruvianus, Lob. icon. Chrysanthemum Peruvianum Dod. Lugd. Helianthemum Peruvianum, Cam. ep. Sol Indianus, Lon. Helenium Indicum, Cæs. II. Helenium Indicum ramosum, C. B. Chrysanthemum Peruvianum alterum, Dod. Helianthemum Peruvianum proliferum, Cam. ep. Flos solis ramosus, Cam. Flos solis minor, Ger. Flos solis prolifer, Eyst. IV. Helenium Indicum minus, C. B. flos solis minor foemina, Ger.] [Niederländisch Sonnebloemen van Peru. Englisch Sunne flower. Welsch *Pianta massima.*]

Von der Natur / Krafft und Eigenschafft der Sonnenkron / im Leib.

Dodonæus schreibet / daß die junge zarte Stiel an den Blättern ein wenig gekochet / darnach mit Oel und Saltz zugericht / ein lieblich Essen geben / und reitzen sehr zu ehelichen Wercken. *Ehelich Werck.*

[Die Blumen aber ehe sie sich auffthut / und fast wie ein Artischock sihet / kochet man gleicher gestalt / und soll auch wie die Artischock ihr Würckung haben.

Der Saame ist lieblich zu essen / jedoch hat er zuletzt ein Schärffe: Etliche halten darfür / daß er wie der wild: Saffran purgiere.

Eusserlicher Gebrauch.

Etliche meynen / man könne dieses Kraut auch wol für ein Wundkraut gebrauchen / dann es hefftet etwas zusammen. Ist sonst in keinem Gebrauch / dann es mehr Lusts dann Nutzens halben gezielet wird.

Effff [Jn

Kom

Kompositen (Compositae), **Vereint-, Korbblüter,** dikotyle Pflanzenfamilie, zur Reihe der Kampanulaten gehörig, mit über 13 000 krautigen oder holzigen Arten. Die meist sehr kleinen Blüten stehen auf gemeinschaftlichem Fruchtboden zu einem einzelblütenähnlichen Köpfchen oder Körbchen zusammengedrängt, von gemeinsamem Hüllkelch umgeben [Abb., nach Schmeil; Blütenkorb der Sonnenrose im Längsschnitt, darin: Bb Blütenboden, Hk Hüllkelch, Zb Zungenblüten, Rb Röhrenblüten, und zwar a noch geschlossen, b halb, c ganz erblüht, d verblüht]; sie können zwischen sich noch spelzenförmig umgestaltete Deckblätter (Spreublätter) haben. Der oberständige Einzelkelch besteht (wo er nicht rückgebildet ist) aus haarartigen Gebilden (Pappus) und kann später als Flugorgan der gereiften Frucht, einer Achene [Tafel: Botanik I, 50], dienen, z. B. beim Löwenzahn. Die einzelnen Blüten sind entweder röhrenförmig (Röhrenblüten) oder zungenförmig (Zungenblüten) oder lippenförmig, bisweilen nur am Rand zungenförmig, in der Mitte aber (Scheibenblüten) von andrer Gestalt, so bei der Sonnenrose. Hiernach werden die K. eingeteilt in **Tubuliflören** (Tubuliflōrae) und **Linguliflören** (Linguliflōrae), je nachdem entweder die Scheibenblüten röhrig, jedenfalls nicht zungenförmig, z. B. bei Sonnenrose, Margerite, Beifuß (s. d.), Kratzdistel ꝛc., oder alle Blüten zungenförmig ausgebildet sind, z. B. bei Wegwarte, Habichtskräutern (s. Hieracium), Löwenzahn ꝛc. Die meisten K. enthalten Inulin (s. d.).

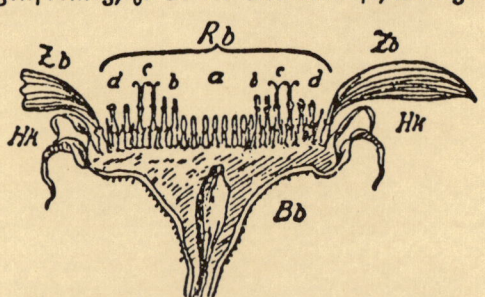

Kompositen: Längsschnitt durch eine Korbblüte.

In einer leichtfaßlichen Art findet sich im «Brockhaus» (6. Auflage, 2. Band, Leipzig 1922) eine informative Darstellung über Kompositen, welcher die Sonnenblume zugehörig ist.

Eine Rückschau

Erinnerungen eines Bauernbuben
oder von der Ordnung zur Unordnung

Jahr für Jahr standen einige Sonnenblumen, selten mehr als ein Dutzend, abseits im Rübenacker. In der gut gedüngten Erde schossen sie in einem Sommer bis 3 Meter hoch empor, jede Pflanze sturmsicher festgebunden an einem Zaunpfahl. Diese Gewächse dienten keinem Zweck; sie waren einfach eine Bereicherung, Gegenstand der Betrachtung auf dem Sonntagsspaziergang. Wir staunten über das ungewöhnliche Wachstum und später über die nickenden Blütenkörbe, die nicht selten den Durchmesser von einem halben Meter erreichten. Erst recht begann das Staunen, wenn wir die Blütenscheiben, besetzt mit Hunderten von unscheinbaren Blüten, näher betrachteten; denn die Blüten standen nicht irgenwie dicht nebeneinander auf dem Blütenboden: ihre Anordnung war auffallend und streng geometrisch, von einer merkwürdigen Symmetrie. Wir wußten nicht, daß Hermann Weyl, einer der großen Mathematiker unseres Jahrhunderts, eben diese Sonnenblumenblüten ausgewählt hat, um entgegengesetzt verlaufende logarithmische Spiralen zu demonstrieren.

Wenn dann im Herbst die Samen reiften, kamen in Scharen die Meisen aus dem Obstgarten und dem nahen Wald. Sie kümmerten sich nicht um die prachtvolle Harmonie in den Fruchtständen – zurück blieb ein wirrer Haufen leerer Schalen.

Mit dieser reizenden Erzählung aus der Feder von Herrn Dr. Hans Ernst Hess, Professor für spezielle Botanik an der Eidg. Techn. Hochschule in Zürich, eröffnen wir ein weiteres Kapitel zum Thema «Sonnenblumen und Meisenvögel».

Das Wissen

Helianthus *L.*, Sonnenblume, Gattung ein- oder mehrjähriger Gewächse Amerikas, zur Familie der Kompositen gehörig und so genannt, weil die großen Blütenköpfe mit ihrem ausgebreiteten gelben Strahl mit der Sonne verglichen werden können. Der Kelch ist unregelmäßig dachziegelförmig, die äußern Schuppen desselben blattartig, spitz, mit nicht angedrückten Anhängseln, die innersten kleiner; der Fruchtboden ist flach oder gewölbt, mit spitzen Spreublättchen besetzt, die Früchtchen sind fast vierkantig, mit zwei grannenförmigen Schüppchen gekrönt. Die in den Blumengärten häufigste Art ist H. annuus *L.*, die einjährige Sonnenblume, eine 2—3 m hohe Zierpflanze mit 30 cm und darüber breiten nickenden Blütenköpfen und scharfhaarigen, herz-eiförmigen Blättern. Man kultiviert von ihr in den Gärten, besonders in landschaftlichen Anlagen, wo sie eine ausgezeichnete Rolle spielen, mehrere konstante Arten, die einblumige (var. uniflorus) mit höherm und viel stärkerm Stengel, sehr großen Blättern und mit nur einem einzigen Blütenkopfe, dessen Scheibe aber gegen 50 cm breit ist; die gefüllte (var. flore pleno), bei der die gewölbte Scheibe dicht mit dachziegelig geordneten Blüten besetzt ist, die in der Form den Strahlblüten ähnlich sind; die kugelblütige (var. globosus), ohne Strahl und auch die der Scheibe verlängert-röhrig, sodaß die Blume, da der Rand der Scheibe nach hinten umgebogen ist, eine fast kugelige Gestalt erhält, und andere Spielarten. Man pflanzt diese effektvollen Pflanzen durch Aussaat im März und April fort. Die Sonnenblume verlangt zum Gedeihen ein sehr nahrhaftes, gut gedüngtes Erdreich, in welchem ihre Stengel bis 4 m hoch werden. Da sie den Boden sehr aussaugt, so ist sie zur Trockenlegung sumpfigen Bodens geeignet.

Faksimile-Wiedergabe eines ausführlichen Beschriebes aus der Allgem. deutschen Real-Encyklopädie (13. Auflage, 9. Band, Leipzig 1884).

vor 100 Jahren

Von großer wirtschaftlicher Bedeutung ist sie als Ölpflanze. Das aus der Frucht gewonnene Öl ist ein wichtiger Produktions- und Handelsartikel, besonders für Rußland. Dort betrug die Produktion schon 1870 mehr als 80 000 Doppelcentner, welche einen Wert von etwa 4 Mill. Rubel repräsentieren. Der Anbau dieser Pflanze nimmt aber von Jahr zu Jahr zu.

Der ausdauernde H. multiflorus besitzt zwar viel kleinere Blumen, aber desto zahlreichere Blütenstengel und ist eine stattliche, für Ziergärten sehr zu empfehlende Pflanze, besonders die gefüllt blühende Varietät. Vor der Einführung der Kartoffel von größerer Wichtigkeit als jetzt war der Topinambur, H. tuberosus, eine Pflanze Nordamerikas, in allen Teilen kleiner als die einjährige Sonnenblume, ausdauernd mit birnförmigen Knollen, welche der Wurzelstock erzeugt. Sie sind von der Größe mittelgroßer Kartoffeln und eßbar, jedoch weniger reich an Nährstoffen als diese. Ihr etwas starker Geschmack erinnert an Artischocken. Als Gemüsepflanze wird der Topinambur wenig mehr gebaut, dagegen verdient er mehr Beachtung als Viehfutter, da er mit dem schlechtesten Boden fürlieb nimmt und keiner Pflege bedarf. Die Knollen werden besonders gern von Schweinen gefressen, gedämpft aber auch vom Rindvieh. Die Blätter geben gutes Schaffutter und können auch als Streu und zur Düngerbereitung Verwendung finden. Diese Pflanze ist so anspruchslos, daß ihre Kultur fast gar keine Mühe weiter erfordert als die Pflanzung ein für allemal. Man pflanzt sie durch Knollen im Frühjahr fort und erntet im Herbst, wenn die Stengel trocken geworden sind.

Die hier noch verkannte Erdbirne – den Namen soll sie Indianern vom Stamme der Topinambo verdanken – birgt, wie wir noch sehen werden, große Überraschungen.

Die Vielfältige

Sonnenblume, Pflanzenname. 1) S., **Sonnenrose,** Helianthus, amerik. Gatt. der Korbblüter (Unterfam. Röhrenblüter) mit etwa 50 Arten. Meist stattliche Kräuter mit einfachen Blättern und ansehnlichen Blütenköpfen, die in einem Hüllkelch gelbe, zungenförmige, ungeschlechtliche Randblüten und viele braune oder gelbe, röhrig-fünfzipflige, zwitterige Scheibenblüten enthalten (Tafel Korbblüter II, Abb. 8). Die plumpen Früchtchen (Kerne) sitzen jedes in einem Deckblatt (Spreublättchen) und haben einen Pappus aus nur 2 leicht abfallenden Borsten oder Schüppchen. Die bekannteste Art, die wohl aus Mexiko stammende **einjährige** S. (Helianthus annuus), die mehrere Meter hoch wird, hat einen bis kinderarmstarken, höchstens am Ende verzweigten, rauhhaarigen, markigen Stengel, herzförmig-dreieckige, zugespitzte, gestielte, kerbzähnige Blätter und tellergroße, überhängende Blütenköpfe (mit sattgelben, fingerlangen Zungenblüten und braunen Scheibenblüten). Sie wird seit dem 16. Jahrh. in Gärten, an Wegen und Eisenbahndämmen, in Hackfruchtfeldern (sehr ausgiebig in Rußland) als raschwüchsige, anspruchslose Öl-, Futter-, Bienen- und Zierpflanze gezogen. Die weißen, gelblichen, tiefschwarzen oder gestreiften, längsrippigen, bis 17 mm langen Früchte enthalten im Samen bis 32% fettes, olivenölähnl. Öl (**Sonnenblumenöl**), das nach kalter Pressung als fast geruchloses Speiseöl, nach warmer Pressung zur Herstellung von Malerfarben, Firnis und Kunstbutter dient. Die Preßrückstände liefern Viehfutter, die Fruchtkerne Vogelfutter, Nuß- und Mandelersatz, der noch weiche Blütenboden ein artischockenähnliches Gemüse.

Sonnenblume: 1a blühender Sproßgipfel von Helianthus annuus, 1b Rand-, 1c Scheibenblüte, 1d Früchtchen, 2a Helianthus tuberosus, 2b Knollen. (1a, 2a und 2b etwa $^1/_{15}$ nat. Gr.)

Faksimilierter Auszug aus «Der große Brockhaus» (15. Auflage, 17. Band, Leipzig 1934).

Die Blume

Sonnenblume, *Helianthus.* Korbblütler, *Compositae.* ○ ⊙ ♃ ✄ Bie. Rund 100 Arten, vorwiegend in Nordamerika, einjährig und ausdauernd. Meist ganzrandige, rauhe Blätter. Blüten vorwiegend gelb, bei den einjährigen auch einzelne hell- bis dunkelbraune Farbtöne. Alle hier genannten aus Nordamerika. – EINJÄHRIGE ARTEN. *H. annuus.* Stengel sehr hoch werdend, meist nur wenig verzweigt, vorwiegend mit einem Blütenstand. Bild s. Tafel 43. 'Bismarckianus', 'Macrophyllus Giganteus', 'Uniflorus' bis 3 m, mit großen Blumen, gelb; 'Californicus Plenus', 'Globulus Fistulosus' und 'Hohe Sonnengold', gefülltblühend, gelb, 150 cm; 'Gelber Knirps', gefüllt, 60 cm. – *H. a. intermedius* umfaßt Sorten mit mittelgroßen Blüten. Pflanzen mehr verzweigt, besonders als Schnittblumen wertvoll. 'Abendsonne', braunrot; 'Goldener Neger', goldgelb, Mitte schwarz; 'Primrose', schwefelgelb; 'Herbstschönheit', Mischung mit kleineren Blüten von Gelb, Braun, Bronze bis Rot. Reichblühend, beste zum Schnitt. 150 bis 200 cm. – *H. debilis* (*H. cucumerifolius*). In allen Teilen kleiner. Gut verzweigt, mit herzförmigen, kleinen Blättern. Blüten bis 10 cm groß. 'Diadem', zitronengelb; 'Purpurea', braunrot; 'Stella', goldgelbe, sternförmige Blüten. 80–120 cm. – Verwendung im Hausgarten, vor Gehölzen oder als Begrenzung und Schnittblumen. Boden: Normaler Gartenboden. Vermehrung durch Aussaat im IV, direkt an Ort. Bild s. Tafel 28.
AUSDAUERNDE ARTEN. *H. atrorubens* (*H. sparsifolius*). Lange Ausläufer, vorn knollig verdickt. Verlangt in strengen Wintern Schutz. Blüten goldgelb mit schwarzer Mitte. Wertvoll als Schnittblume. VIII bis X, 120–180 cm. – *H. decapetalus* (*H. multiflorus*). Wurzelstock ausbreitend, Wurzeln an der Spitze knollig verdickt. Stengel rund, kahl. Blätter breit-lanzettlich, Blüte gelb. 'Capenoch Star', reichblühend, zitrongelb, 120 cm; 'Meteor', halbgefüllt, gelb, 150 cm; 'Soleil d' Or', gefüllte, große Blumen, 120 cm. VIII bis X. Bild siehe Tafel 2. – *H. giganteus.* Wildstaude für feuchten Stand. Wurzelstock kriechend, Wurzeln fleischig-knollig. Stengel steif, Blüten gelb. VIII-X, 200 bis 300 cm. – *H.* × *laetiflorus* (*H. rigidus* × *H. tuberosus*). Kriechender Wurzelstock. Steife Stengel. Blätter dünn, breitoval, dunkelgrün. Blüten in lockeren Dolden, leuchtendgelb. 'Miß Mellish', gelb mit dunkler Mitte. Alle für trockene Lagen. VIII-IX, 150–200 cm. – *H. rigidus* (*H. scaberrimus*). Stark wuchernd. Blütenstand locker verzweigt, Blüten groß, leuchtendgelb mit dunkler Mitte. 'Praecox', frühblühender, ab VIII, halbgefüllt; 'Daniel Dewar', goldgelb. IX-X, 150–200 cm. – *H. salicifolius* (*H. orgyalis*). Weidenblättrige S. Dekorative Pflanze. Triebe aufrecht, mit vielen, schmalen, überhängenden Blättern. Blüten klein, gelb. Besonders reizvoll an Wasserbecken. IX-X, 150 bis 250 cm. – Verwendung im Staudenbeet, als Solitärpflanzen, im Wildstaudengarten und zum Schnitt. Anspruchslos. Leicht zu teilen.

Original-Wiedergabe aus
«Neues großes Gartenlexikon»
(3. Auflage, München 1980,
Universitätsdruckerei München,
ISBN 3-517-00442-1).

Im Licht

26

Helianthus annuus L.
Spezialzüchtung zur
Ölgewinnung. Nebennutzen
Honig und Tierfutter.

und Gegenlicht

*Helianthus annuus L.
Spezialzüchtung zur
Ölgewinnung. Nebennutzen
Honig und Tierfutter.*

27

Vom Müller

Diese Südtiroler Hausmühle wurde vor wenigen Jahren aus dem feinjährigen Holz der an der Baumgrenze wachsenden Zirbenkiefer (Arve) *Pinus cembra* – einer Holzart, welche von Natur aus dank enthaltenen ätherischen Ölen wie auch Harzen usw. die Eigenschaft hat, von Mehlmotten u. ä. gemieden zu werden – nach traditionellem Vorbild neu gebaut.

Der Stein – er besteht aus Quarzporphyr und kristallinem Schiefer mit sandsteinähnlichen Einsprengungen –, das Herz der Mühle, wurde in Sexten (I) aus dem «Mühlstein-Erz» gebrochen und daselbst handwerklich kunstvoll behauen.

Die nun so im Verfahren der Inhaltsstoffe-schonenden Flachmüllerei gemahlenen bzw. geschroteten Mehle, auch Wespi-Mehle genannt, erfreuen sich durch vermehrte Nachfrage seitens von Gewerbe und Handel, wie auch dem Wunsche vieler Hausfrauen entsprechend, steigender Beliebtheit, und die Palette der Sorten wird ständig erweitert.

Standort: Mühle Wülflingen
«Wespi-Mühle»,
Wieshofstraße 105,
8408 Winterthur.
Daselbst wird auch eine
«Mählhandlig» für
Kleinmengenbezug betrieben.

zum Bäcker

Brotsorten und -arten gibt es beinahe so viele wie (noch) Kleinmeister-Backstuben. Seit jeher waren die Formen regional geprägt: runde, lange, überworfene, kastenförmige usf. Ebenso die arttypischen Bezeichnungen (St.-Galler, Basler) oder solche, welche sich auf die verwendeten Inhaltsstoffe bezogen, wie «Maisbrot», «Roggenbrot», «4-Korn-Brot» usw.

Sonnenblumen-Brot gilt bei uns trotz seiner altüberlieferten Herkunft (vergleiche Hinweise auf Seiten 14/15) noch als rare Spezialität. Deshalb sei hier ein auf den mitteleuropäischen Geschmack abgestimmtes Rezept vorgestellt:

Zutaten: 20 g Hefe, 100 g Wasser, 100 g Ruchmehl
Hefe mit etwas Wasser anrühren, dann alles anteigen und 6 Stunden ruhen lassen. Gönnen Sie dem Hebel diese Standzeit, Sie werden für Ihre Geduld mit einem prächtigen, knusperigen Brot entschädigt.

Alsdann: 650 g Wasser, 30 g Hefe, 20 g Salz, 30 g Margarine, 1000 g Ruchmehl, 120 g Sonnenblumenkonzentrat
Alle diese Zutaten mit ersterem zu einem Teig kneten und diesen 40 Minuten ruhen lassen. Anschließend zu Brot formen, wiederum 15 Minuten zugedeckt ruhen lassen, nach Belieben einschneiden (anritzen) und dann bei ca. 230° im vorgeheizten Ofen ausbacken.

Das hier abgebildete Sonnenblumenbrot stammt aus der Bäckerei Köhler, Sonnenstraße 44, 8200 Schaffhausen. Im Vordergrund links das Sonnenblumenkonzentrat, rechts das steingemahlene Ruchmehl.

Vom Samen

Sonnenblumenöl – der Stammgruppe der Pflanzenfette zugehörend und spezifisch als Samenfett bezeichnet – wird aus den Samen der Sonnenblume gepreßt. Sie stammen zum größten Teil vom «Sonnengürtel der Erde», die großen Anbaugebiete sind Nord- und Südamerika, Rußland, der Balkan, China Frankreich, Spanien und die Türkei.

Belief sich im Zarenreich anno 1870 die Ernte schon auf weit über 80 000 Doppelzentner, notierte man rund hundert Jahre später die weltweite Produktionsmenge mit 10 Mio. Tonnen. Gegenwärtig liegt diese bei 16 Mio. Tonnen. Der Trend zur neuzeitlichen Ernährung also ist unverkennbar. Die Samen der Sonnenblume bestehen aus Schale und Kern. Sie sind nußähnlich – deshalb werden sie auch da und dort gerne gekaut –, Größe und Färbung unterschiedlich: schwarz, dunkelbraun, graubraun, beige, teils gestreift. Bisher kennt man 55 Sorten. Kerne mit Schale enthalten 30– 40%, Kerne allein 40–50% Öl. Dieses wiederum zeigt sich nach sachgemäßer Behandlung geschmacksneutral und enthält einen außerordentlich hohen Anteil an mehrfach ungesättigten Fettsäuren.

Das Importgut gelangt hierzulande direkt zu den Ölwerken, woselbst es in einem aufwendigen, technologisch faszinierenden Prozeß unter konstanter Aufsicht virtuoser Spezialisten verschiedene Stufen durchläuft, um schließlich als goldfarbenes, naturreines Basisprodukt bis zur Weiterverarbeitung kurz zu verweilen.

Ein Wort noch zu den unterschiedlichen Vorstellungen der Preßverfahren: Bei der üblichen Ölgewinnung werden die vorgängig gebrochenen Samen auf ca. 80 °C vorgewärmt. Dadurch wird das Öl dünnflüssiger und leichter auspreßbar. Diese Wirtschaftlichkeit findet ihren Niederschlag auch im Preis; warmgepreßtes Öl ist fast 50% preiswerter als kaltgepreßtes. Zwischen den beiden Verfahren besteht kein prinzipieller, sondern höchstens ein gradueller Unterschied. Die oft gehörte Behauptung, daß beim Warmpressen und nachherigen Raffinieren die lebensnotwendigen, hochungesättigten Fettsäuren oder sogar Vitamine ganz oder teilweise zerstört oder in ihrem Wert vermindert würden, stimmt nicht.

Wissenschaftlich betrachtet, existiert zwischen einem (unter 50 °C) kaltgepreßten und einem (bei 80 °C) warmgepreßten Öl kein ernährungsphysiologisch relevanter Unterschied.

zum Oel

Schemata der Speiseöl-Fabrikation

Extraktionsteil

- SILO
- LÖSUNGSMITTEL EXTRAKTEUR
- S = SCHROT-TROCKNUNG
- FILTER FÜR LÖSUNGEN
- K = SCHROT-KÜHLER
- FILTER
- MISCELLA-TANK
- S = SCHROT-SILO
- VERDAMPFER
- DESTILLIER-KOLONNE
- QUELL-BEHÄLTER
- ZENTRIFUGEN
- ROHOEL-LAGER

Raffinationsteil

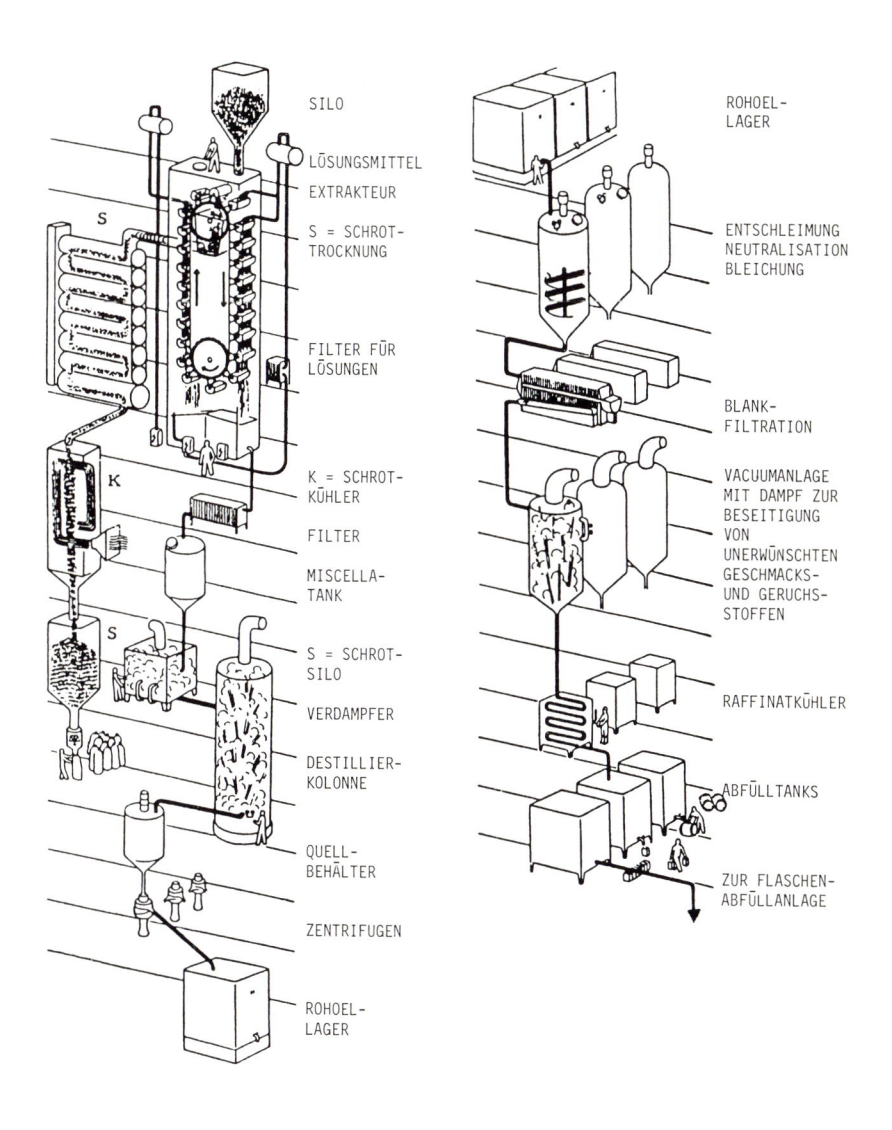

- ROHOEL-LAGER
- ENTSCHLEIMUNG NEUTRALISATION BLEICHUNG
- BLANK-FILTRATION
- VACUUMANLAGE MIT DAMPF ZUR BESEITIGUNG VON UNERWÜNSCHTEN GESCHMACKS- UND GERUCHS-STOFFEN
- RAFFINATKÜHLER
- ABFÜLLTANKS
- ZUR FLASCHEN-ABFÜLLANLAGE

Vom Oel

Der Name „Pflanzenbutter" würde eigentlich naheliegen *

Wie unsere Generation ins Zeitalter der Kunststoffe hineinwuchs – erfunden wurde dieser ja als «Ersatzstoff» während des Krieges –, so sensationell war für die beiden vorhergegangenen die Erfindung und dann der Boom der Margarine.

Der Wissenschafter Hippolyte Mège-Mouriès entwickelte 1869 im Auftrage Napoleons III. – auch aus einer Notsituation heraus – die «Margarine», so genannt, weil diese sich dannzumal in «perlenartiger» Struktur präsentierte. Das griechische Wort für «perlengleich» – margaron – stand somit bei der Namensgebung zu Gevatter. Die deutsche Übersetzung in «Kunstbutter» war für dieses erfolgreiche Produkt ungeschickt, ja unzutreffend (vergleiche Titel).

1870 kam in Paris erstmals Margarine in den Handel. 1895 zählte man in Deutschland bereits 73 Kunstbutterfabriken mit einem Ausstoß von 95 Mio. Kilogramm im Verkaufswert von 117 Millionen Mark. Der Siegeszug der «neuen Butter» war unaufhaltsam; dabei tobte der «Berliner Butterkrieg», woraus resultierte, daß rigorose Bestimmungen ins «Margarinegesetz» aufgenommen wurden. So mußten beispielsweise alle Gefäße, welche die neue Butter beinhalteten «... mit einem stets sichtbaren bandförmigen Streifen von roter Farbe versehen sein, welcher bei Gefäßen bis zu 35 cm Höhe mindestens 2 Zentimeter, bei höheren mindestens 5 Zentimeter breit sein muß». (Heute ist das bei uns eine gesetzlich verankerte Giftklassenbezeichnung!) Auch war eine Beimischung von «Naturbutter» zur «Kunstbutter» verboten und Margarine durfte nicht in den gleichen Räumlichkeiten, in welcher Kuhbutter feilgehalten wurde, verkauft werden.

Die Margarine von heute – in Zusammensetzung, Aussehen und Geschmack – ist mit dem Produkt des letzten Jahrhunderts nicht mehr vergleichbar. Sie ist ein absolut vollwertiges Nahrungsmittel und liegt neben der Molkereibutter zum Verkauf auf. Die Jahresproduktion betrug 1982 weltweit ca. 7,8 Mio. Tonnen, diejenige der Butter ca. 7,1 Mio. Tonnen.

* Diese treffliche Kennzeichnung formulierte 1920 Dr. W. Fahrion (Stuttgart/Feuerbach) in seiner 135seitigen Publikation «Die Fabrikation der Margarine» (Verlag Gruyter Berlin/Leipzig). Faksimile-Wiedergabe.

zur Margarine

Einige interessante Merkpunkte

Heute sind in der schweizerischen Lebensmittelverordnung in sechs Artikeln die strengen gesetzlichen Vorschriften über Zusammensetzung, Fabrikation und Vertrieb von Margarine klar umschrieben. Eine weitere Garantie für die Verbraucher, für ihr gutes Geld erstklassige, frische und weitgehend deklarierte Ware zu bekommen.

Was ist Margarine?

Zusammenfassend ausgedrückt eine Emulsion aus 83 Teilen Öl/Fett mit 17 Teilen Milch/Wasser.

Aus was besteht Margarine?

Der Markt bietet je nach Verwendungszweck verschiedene Sorten an, weil die Margarine unterschiedlichen Anforderungen (Brotaufstrich, Küche, Bäckerei) zu genügen hat. In der Regel ist sie ein Produkt aus rein pflanzlichen Ölen und Fetten. (Kokosnußfett/Sonnenblumenöl/ Palmöl/Sojaöl/Rapsöl)

Wie wird Margarine hergestellt?

In der «Fettphase» werden verschiedene Öle und Fette dosiert, gemischt und in einem Rührschlagwerk verarbeitet. Dabei erfolgt die Beimengung der Vitamine A (Retinol) + D (Calciferol). Das dritte im Bunde, Vitamin E (Tocopherol) ist im vegetabilen Teil bereits von Natur aus enthalten.

In der «Wasserphase», einem parallellaufenden Prozedere, wird eine Basis aus Magermilch (entrahmter Vollmilch) und Trinkwasser (mit wenig gelöstem Kochsalz) erstellt.

In der «Pasteurisierungs-/Emulgierungsphase» werden beide Teile vereint, durchlaufen alsdann die Pasteurisierungsanlage, wobei eine Erhitzung auf ca. 85 °C innert weniger Sekunden und nur für kurze Zeit stattfindet. Anschließend erfolgt bei konstantem Mischen das Emulgieren unter Ausschluß von Luft im sogenannten «Votator». Während dieses Vorganges wird die so entstehende Emulsion abgekühlt. Ähnlich wie bei der Butter ist nun die Wasser/Milchphase in winzigen Tröpfchen in der Fettphase verteilt.

Wie wird Margarine abgefüllt?

Das nun pastöse Endprodukt gelangt exakt dosiert und ohne Berührung durch Menschenhand vollautomatisch zur Abfüllung bzw. wird zur Blockform façonniert.

Ein Leben für

Jules Korybut ing. agr.
Dr. h.c. der Universität Danzig (Gdánsk)

Wie es begann
1901 in Warschau geboren – Studium der Agronomie in Polen – Studium der Nationalökonomie, Studium der landwirtschaftlichen Genossenschaften in der Tschechoslowakei – Inspektor der landwirtschaftlich-industriellen Genossenschaften in Polen – Gutsbetrieb von 1000 Hektaren mit Aufzucht holländischen Rindviehs für Zuchtzwecke – Autor des Werkes «Réforme des Organisations et Syndicats Agricoles» – Gründer und Leiter der Aufsichtsstelle über die Jagd in Polen – Auszeichnungen für soziale Verdienste.

Wie es weiterging
Der Zweite Weltkrieg unterbrach seine beruflichen und sozialen Arbeiten. Er nahm als Freiwilliger 1939 am Polenfeldzug, 1940 am Frankreichfeldzug als Reserveoffizier teil, wurde verwundet und mit dem polnischen Tapferkeitskreuz wie auch dem französischen Kriegskreuz dekoriert. Während der Internierung der zweiten polnischen Division in der Schweiz beteiligte er sich am beruflichen Unterricht der internierten Soldaten. In Matzingen TG lehrte er über die Aufzucht des Rindviehs, die Genossenschaft und über die sozialberuflichen Vorbereitungen. Er veröffentlichte die Handbücher «Die Aufzucht der Haustiere» und «Genossenschaft und Organisation der Landwirtschaft», redigierte die Monatsschrift «Sozialwirtschaftliche Probleme», welche für alle Interniertenlager bestimmt war.

Nach dem Krieg bewirtschaftete er im Département des Hautes Pyrénées (F) einen Gutshof und betreute die allen zugänglichen Versuchskulturen. Als Chefingenieur begründete und leitete er mehrere Versuchsstationen für Getreide, Ölfrüchte und Futterpflanzen im landwirtschaftlich-technischen Dienst (Département du Gers und angrenzende). Er wurde Gründer des technischen Dienstes der CBM (Coop. Agricole du Bassin de Midour).

Wie es heute ist
Er züchtete die neuen Sorten «Lisuko» und «Schweizkor», begutachtet Anbaugebiete, ersinnt neue Erntemaschinen, wohnt in Heiden und korrespondiert mit Regierungen rund um den Erdball.
83 Jahre und noch kein bißchen müde!

die Sonnenblume

35

Der Bienenhonig

Iß Honig, mein Sohn ...

Aus Frankreich liegen verbindliche Daten vor: Während der Hochblüte (das sind ca. 14 Tage) mit einer Bienenpopulation von 70 Völkern/Hektare auf Wanderwagen ergab die Ernte aus den ca. 85 000 Blütenkörben einen Honigertrag von rund 400 Kilo neben 170 Kilo eingetragenen Pollen.

In Aserbeidschan leben mehr hundertjährige Menschen pro Kopf der Bevölkerung als irgendwo sonst auf der Welt. Biologen haben nachgewiesen, daß dieses Phänomen an der Wirksubstanz von Pollen liegt; die Untersuchten verspeisten regelmäßig die «Abdecklete», Wachsteilchen also, welche mit Pollen vermischt sind.

Daß sich im Sonnenblumenhonig cholesterinabbauende Substanzen befinden müssen, wird angenommen, ist aber noch nicht nachgewiesen. Im Gegensatz zum sogenannten Waldhonig – eine von den Bienen aufgenommene Blattlausausscheidung (Prof. Frey-Wyssling, ZH) – sind die Kennzeichen des Blütenhonigs die darin enthaltenen Pollenkörner. Diese wiederum – bereichert durch viele Enzyme/Fermente – sind Träger der männlichen Keimzellen, vermutlich der Fito-Hormone.

Honig – 2 Eßlöffel davon ersetzen eine Glukose-Infusion – enthält bakteriostatische Substanzen: Inhibin, die pharmakologische Substanz Acetylocholine und 62,5% des im Konglomerat enthaltenen Eisens nutzt der Körper (nach Prof. Ruxiecki/PL) zur Regeneration der Hämoglobine.

Das Bild zeigt ein Sonnenblumenfeld in Vollreife bei Wittenbach SG im Jahre 1980. Saatreihen in Windrichtung, Abstand 16/24×60 cm. Sorte Lisuko/Schweizer AG, Thun BE, Saatgut Schweizer AG, Thun BE.

Das Futtermittel

Der Bleistift ist das erste Gerät des Landwirts, vor dem Pflug

Diese Weisheit ist naheliegend, ist es doch Sache der Kalkulation, die Rentabilität des Sonnenblumenanbaues aufzulisten. Als erstes ist einmal der Schnitt frisch verfütterbar, eignet sich aber auch zur Silage. Trockenes, granuliertes Futter von grünen Sonnenblumen eignet sich durchs Band für alle pflanzenfressenden Tiere und zeigt sich prädestiniert bei der Aufzucht von Jungtieren. Pilliertes Futter ist zudem ideal zur Produktion von Käsereimilch. Dazu ein Analyseergebnis, erstellt durch die Staatliche Lehr- und Versuchsanstalt für Viehhaltung in Aulendorf/BRD (Dr. A. Thalmann):

Gehalt von Sonnenblumen-Pellets (ganze Pflanze)
11,0 % Wasser   2,1 % Rohfett (Ätherextrakt)   12,1 % Roheiweiß
20,7 % Rohfaser   76 g verdauliches Eiweiß/kg   43,2 % Stärkeeinheiten
12,2 % Rohasche   41,9 % stickstofffreie Extraktstoffe

Der Gehalt liegt ca. 10 % unter demjenigen von ganz jungem Gras. Der Hektarertrag ist aber 400 % höher. Es liegt am Produzenten, diese Rechnung selbst zu machen.

Mit Sonnenblumen kurzfristig Massenerträge

Bei mittleren Voraussetzungen ergibt sich nach nur 73 Wachstumstagen ein Ertrag von ca. 75 000 kg Grünmasse pro Hektar – im Gegensatz zum Futtermais mit 152 Tagen / 54 000 Kilo. Und Sonnenblumen gedeihen bis in Höhen von 1400 Meter ausgezeichnet, maßgebend ist die Anzahl der Vegetationstage mit der notwendigen Wärmesumme von 2100 bis 2800 °C. Was die Bodenreaktion anbetrifft, so erträgt sie gleich gut mittelalkalische wie mittelsaure Böden. Saatgutmenge 100 bis 120 Gramm pro Are. Bewährt haben sich hierzulande die Sorten «Peredovik», «Borowski», «L'Issanka» und «Schweizkor» u.a. Die Sorte «Seda Bel» bildet eine Blattfläche von 3000 bis 3500 cm² pro Pflanze, während andere Sorten es bis zu einem Wert von 6000 cm² und mehr bringen und gleichzeitig größere Blütenkörbe entwickeln. Aber es ist falsch, bei der Futterproduktion die Sonnenblume wegen des Nährwertes nach der Milchreife zu ernten, bzw. mit der Vergrößerung der Masse zu spekulieren. Es ist weitaus klüger, diese im vorgerückten Knospenstadium durchzuführen. Die Sonnenblume ist zudem eine ausgezeichnete Vorfrucht zu Getreide, bringt dieses doch alsdann bis 20 % höhere Erträge. Besonders hervorzuheben ist noch die weitgehende Nematoden-Resistenz.

Die zweisprachig abgefaßte und 100 Seiten starke Spezialschrift über die Nutzpflanze Sonnenblume ist unter der Bezeichnung «Monographie / Jules Korybut» über die internationale Buchhandlung für Botanik und Naturwissenschaften «Krypto» in CH-9053 Teufen solange Vorrat erhältlich.

Streiflichter

Wußten Sie, daß ...

- Sonnenblumenwurzeln bis in eine Tiefe von 2,7 Meter reichen können?
- Spezialzüchtungen zur Ölgewinnung ein Höhenwachstum zwischen 0,8 Meter und 2,1 Meter, jene der Futtersorten jedoch zwischen 2,2 Meter und 5,6 Meter entwickeln?

Streiflichter

Wußten Sie, daß ...

- in Gebieten, in welchen die Bevölkerung täglich und aus Gewohnheit Kerne von Melonen, Kürbissen bzw. Sonnenblumen knabbert, Prostataerkrankungen und Gallensteine unbekannt sind?
- in Rußland der Genuß von Sonnenblumenkernen – dort Siemiotschka genannt – zur Selbstverständlichkeit geworden ist, wobei die Körner von jung und alt in der Art einer Geschicklichkeitsübung mit den Zähnen geschält und die Schalen – auf Boulevards, in Theatern oder Kinos – so gekonnt ausgespuckt werden, daß niemand daran Anstoß nimmt?
- in Amerika neuerdings in vielen Restaurants Schrot von geschälten Sonnenblumenkörnern aufgestellt wird, weil die Gäste damit individuell den Geschmack von Salaten, Saucen, ja selbst von Fleisch und Desserts zu verbessern wünschen?
- in 21 Ländern die Sonnenblume in der jeweiligen Sprache ebenfalls sinngemäß «Sonnen-Blume» genannt wird?
- die Zürcher Mundart für Huflattich (Teeblüemli) *(Tussilago Farfara)* 17 verschiedene, für die Sonnenblume jedoch nur den einen Ausdruck kennt?
- Kräuterpfarrer Johann Künzle in seinem großen Kräuterheilbuch von der Sonnenblume keinerlei Notiz nimmt, die Anthroposophen (Goetheanum Dornach) hingegen diesbezüglich Pionierarbeit leisteten?
- Topinambur auf Sonnenblumen pfropfbar sind und das gleiche umgekehrt auch?
- die Existenz von Korbblütlern *(Compositae)* durch Samenfunde in oligozäner Braunkohle nachgewiesen werden konnte? (60 Mio. Jahre)
- während eines Langzeitversuches in Südafrika (Landwirtschaftsministerium Pretoria) ein Traktor während 2300 Stunden mit reinem Sonnenblumenöl – also mit einer stets erneuerbaren Energiequelle – betrieben worden ist?
- ab dem Oligozän (älteres Tertiär) Insekten nachgewiesen wurden, deren Verwandte heute vorwiegend Compositen bestäuben?
- man mit Sonnenblumen-Großkulturen ganze Landstriche trockenlegt?
- entgegengesetzt durch die Bepflanzung mit Topinambur *(Helianthus tuberosus)* – der Erdbirne, die trockene, sandige Böden bevorzugt – vielerorts Flugsanddünen zum Stehen gebracht werden?
- der Topinambur bei Zuckerkranken wegen seiner insulinartigen Wirkstoffe als sogenanntes Inulingemüse an erster Stelle steht?
- Topinamburknollen einen Frost bis zu minus 30 °C überstehen?

Streiflichter

Wußten Sie, daß ...

- die «Erdbirne» roh wie ein Apfel, im Mixer versaftet als Drink (schmeckt wie Kokosmilch), als «Gschwellti» (benötigen nur die halbe Garzeit) zu Käse und Quark oder in Bouillon gekocht und an einer Béchamelsauce serviert genossen werden kann?
- Topinambur-Speiseeis eine extravagante Novität auf dem amerikanischen Icecream-Markt darstellt?
- zwischen der Sonnenblume, die das Wesentliche im Blütenstand, und dem Topinambur, dessen Signifikanz sich in den Knollen konzentriert, die Natur ein bei uns verwildertes Mittelding – eine Art Übergangsstadium – bekannt unter der Bezeichnung *Helianthus vigidus* respektive *H. scaberrimus* geschaffen hat, welches beide Merkmale – wenn auch weniger markant – in sich vereinigt?
- die Sonnenblumenpflanze (gleich dem Hafer, der Gurke, dem Nußbaum usw.) ein natürliches Herbizid entwickelt – die Verbindung ist zwar wie andere auch noch nicht im Detail bekannt, respektive nachgewiesen – welches hier spezifisch hemmend auf das Wachstum der Ackerunkräuter wie weißer Gänserich, Stechapfel, Knöterich, Pfefferknöterich, Ampfer, Ambrosienkraut, Ackersenf und Hederich einwirkt?
- sich nur die jungen, ungeöffneten Blatt- und Blütenknospen nach dem Stand der Sonne drehen, die offenen Blütenteller aber immer gegen Osten ausgerichtet sind?
- Helianthuslaub und -stengel wesentlich mehr Eiweiß und Fett enthalten als bestes Klee- und Wiesenheu?
- die Fütterung von Sonnenblumenkernen bei Geflügel (in der Mauser) die Neubildung des Gefieders – wie später das Eierlegen, oder bei Pferden zum Beispiel die Entstehung eines glatten, glänzenden Fells – durch die starke Kieselwirkung günstig beeinflußt?
- in der Helianthusblüte vielartige Farbstoffe wie *Flavonglykoside (Quercimeritin* nebst *Quercitin), Anthocyanglykoside* – ein dem Eidottergelbstoff Lutein identisches *Xanthophyll* –; ferner *Cholin, Betain* und ein violett fluoreszierender Stoff – nebst Gerbstoffen usw. – gefunden wurden?
- der tägliche Höhenzuwachs bis zur Blüte im Mittel 2,7 cm beträgt, in Extremfällen ein solcher von 17 cm innerhalb von 24 Stunden (16./17. Juli 1973 im Buriet, Rheineck SG durch Jules Korybut) beobachtet werden konnte.

Malerei

Die auf Seite 21 erwähnten «logarithmischen Spiralen» sind auf diesem naturalistischen Aquarell der Künstlerin Caroline Ebborn mit seltener Akribie vollendet wiedergegeben.

Die Blütenscheibe offenbart mit ihren spiraligen Schraubenlinien die Gesetzmäßigkeit der kosmischen Ordnung, als wenn die Planeten selbst gegenwärtig wären.

Maler und

Emil Nolde
«Sonnenblumen», Aquarell auf Japanpapier
45,7 × 34,7 cm

Emil Nolde (eigentlich Emil Hansen)
* 7. August 1867 in Nolde (Nordschleswig)
† 13. April 1956 in Seebüll (Nordfriesland)

Der Maler Emil Nolde gilt als einer der führenden Aquarellisten in der Kunst des 20. Jahrhunderts. Seine Blumenbilder sind mehr als freudig schöne Farbtupfen in der Natur. Die großen Räder der Sonnenblumen sind, wie das Himmelsgestirn selbst, Symbole des lebenspendenden Lichtes; zugleich kann die Gebärde ihrer Form, das Sich-Neigen der welkenden, schweren Blüten zum Zeichen herbstlichen Abschiednehmens werden.

«Wer Blumen malt, male ihr tiefliegendes Leben, ihre Seele», notiert Nolde. An anderer Stelle schreibt er: «Die blühenden Farben der Blumen und die Reinheit dieser Farben, ich liebe sie. Ich liebte die Blumen in ihrem Schicksal: emporsprießend, blühend, leuchtend glühend, beglückend, sich neigend verwelkend, verworfen in der Grube endend. Nicht immer ist unser Menschenschicksal ebenso folgerichtig und schön ...»

Die Blumen werden zu Trägern menschlicher Empfindungen, ihr Werden und Vergehen ist dem Schicksal der Menschen vergleichbar, Nolde fühlt sich in brüderlicher Nähe zu ihnen hingezogen wie zu allem Leben in der Natur.

Eine chronologische Ordnung der Bilder gibt es nicht, Nolde hat nur sehr wenige datiert.

Noldes Werke befinden sich in allen bedeutenden Museen Deutschlands und in zahlreichen Museen des Auslandes (z.B. New York, London, Paris, Kopenhagen). Die umfangreichste und bedeutendste Sammlung besitzt die Nolde-Stiftung Seebüll. Hier werden in jährlich wechselnden Ausstellungen mehr als 200 Werke, Gemälde, Aquarelle, Graphik, gezeigt.

ihre Bilder

43

Maler und

Gustav Klimt
«Die Sonnenblume»
Öl auf Leinwand
110×110 cm
1907

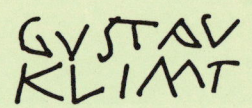

GVSTAV
KLIMT

Gustav Klimt
* 14. Juli 1862 in Baumgarten bei Wien
† 6. Februar 1918 in Wien

Klimt war einer der Hauptmeister des Jugendstils und ist als Maler nur aus dem Geist des *«Fin de siècle»* einer ausgereizten feudal-bürgerlichen Gesellschaft zu verstehen.

Als Mitbegründer der Wiener Secession verstand er es vortrefflich, Figürliches mit ornamentalen Elementen zu dekorativer Wirkung zu verbinden. Mit ihm kam eine seit langer Zeit latente Opposition – Überbewertung des Formalen, Formenauflösung des Impressionismus – zum einstweiligen Abschluß.

«Art nouveau», mit diesen Vorstellungen verbanden sich von Westen her die Farbausbrüche Vincent van Goghs, vom Norden die audrucksvolle Formenwelt Edvard Munchs und aus der Schweiz der flächige Parallelismus Ferdinand Hodlers.

«Die Sonnenblume» stammt aus der Periode Gustav Klimts höchster Meisterschaft. Ab 1912 zeigte sich ein nochmaliger Stilwandel mit gelockerterer Pinselführung, welche bahnbrechend den Weg in die Moderne wies.

Die Werke des Künstlers befinden sich vorwiegend in Privatbesitz, öffentlich zugängliche in folgenden Museen:
CAMBRIDGE (MASS.) Harvard University, Fogg Art Museum
DRESDEN Schloß Pillnitz
MÜNCHEN Neue Pinakothek
NEW YORK Museum of Modern Art
STRASSBURG Musée des Beaux-Arts
VENEDIG Galleria Internazionale d'Arte Moderna
WIEN Historisches Museum / Österreichische Galerie

ihre Bilder

45

Maler und

> Claude Monet
> «Le Jardin de l'artiste à Vétheuil 1881»
> Öl auf Leinwand
> 151,4×121 cm
> 1880
>
> *Claude Monet*

Oscar Claude Monet
* 14. November 1840 in Paris
† 6. Dezember 1926 in Giverny

Monet gilt als einer der Hauptvertreter des französischen Impressionismus. Gemeinsam mit Renoir, Degas und Manet überwand er den häufig als formelhaft und konstruiert wirkenden Klassizismus.

Vor allem als subtiler Landschaftsmaler bekannt. Gärten und Sonnenblumen finden sich wiederholt als dankbare Bildmotive. Monet war ein Künstler, der nichts «ohne Vorbild» malte und niemals ersetzten bei ihm Gedächtnis und Einbildungskraft die Anschauung der Wirklichkeit.

Er erarbeitete in Argenteuil ab 1874 zusammen mit seinem Freund Renoir die neue Maltechnik des *Mikrozismus,* einem Nebeneinandersetzen kleinster, unvermischter Farbtupfer, um damit den einmaligen Zustand des jeweils gegenwärtigen Augenblicks festzuhalten; die Formen zerfließen im Flirren des Lichtes, das zur Seele des Bildes wurde.

Zeitlebens in Geldnöten, verkaufte er 1880 seine großen Eislandschaften für 1500 Francs und dies erst noch als «zahlbar in drei Raten»; das war die Hälfte dessen, was er der Lebensmittelhändlerin in Vétheuil schuldete.

Werke des Künstlers finden sich heute in allen Hochburgen der Malerei:
PARIS Musée National du Louvre / Musée Marmottan
NEW YORK Metropolitan Museum of Art
CAMBRIDGE (MASS.) Harvard University, Fogg Art Museum
CHICAGO Art Institute
DALLAS Museum of Fine Arts
BREMEN Kunsthalle
MÜNCHEN Neue Staatsgalerie

ihre Bilder

47

Die Meisenvögel

Der Vogelhändler

Meisen wurden – weniger wegen des Gesanges, eher ihrer Lebhaftigkeit wegen – des öftern in Käfigen gehalten (und gehandelt), wobei neben Körnern auch träge Insekten als Futter dienten.

Kupferstich von Prof. Christian Brand, aus «Etudes prises dans le Bas Peuple et principalement les Cris de Vienne» 1776.

Die Meisenvögel

Zürcherische
AUSRUFF-BILDER,
vorstellende
Diejenige Personen, welche
in Zürich
allerhand so wol verkäuffliche,
als andere Sachen,
mit der gewohnlichen Land-
und Mund-Art ausruffen,
in 52. sauber in Kupfer
gestochenen Figuren,
mit hochdeutschen Versen
von verschiedenen Einfällen
nach der uralten Reimkunst
begleitet.

Zürich
BEY DAVID HERRLIBERGER
MDCCXLVIII.

Wer viel auf reinen Reimen hält,
Der findt allhier um wenig Gelt,
Nach Hübners Reim-Register nett
Ein Schweitzerisches Quodlibet.
Er findet da, ich weiß nicht was,
Hier rufft man dieß, dort rufft mā das,
Ein mancher macht ein solch Geschrey,
Als wären seiner dreymal drey,
Und wer ihn überschrajen kan,
Der ist der rechte Lobesan,
Die Wahr, sie seye, wie sie wil,
Komt an den Man, und giltet viel.

Marktfahrer und Ausrufer kennt man seit dem frühen Mittelalter bis in unsere Zeit hinein (Wander-Glaser = Glaseee, die letzten der Gilde)

David Herrliberger, ein Kupferstecher, erhielt uns ein Stück Geschichte. Er verlegte anno 1748 eine Serie von 52 zürcherischen Ausrufbildern ...

im Handverkauf

2.

KROOMAD MAISA.

Was ift so luftig als die Meiß?
Was ift geringer als der Preiß?

... und damit sei der Beweis angetreten, daß auch in helvetischen Landen mit Meisenvögeln gehandelt und solche beim Bürgertum gehalten wurden.

David Herrliberger,
«Händlerrufe aus Basel» 1749.
52 Motive in Kupferstich,
handkoloriert, Wiedergabe in
Originalgröße des Büchleins.

Die Meisenvögel

Eine Darstellung aus dem Römer Bilderbogen «*Ritratto di quelli che vano vendendo et lavorando per Roma con la nova agionata de tutti quelli che nelle altre mancavano sin al presente*», eine der ältesten, auffindbaren Illustrationen zum Thema «Ausruf-Bilder».

*Eine archaische Xylographie
von Ambrosius Brambilla
aus dem Jahre 1582.
Vermutlich durch Antoine Lafray
in Frankreich gedruckt.
Vergrößerte Wiedergabe.*

und ihre Namen

Die volkstümliche Namensgebung ist für Tiere wie Pflanzen naturgemäß sehr unterschiedlich. Lesen Sie hier eine lose Auflistung, wie sie sich aus dem Zusammentragen der lokalen, im deutschsprachigen Raum üblichen Benennungen ergibt. Stellen doch die «Echten Meisen» (Parinae) allein schon mit 115 Arten, davon 33 in 118 Unterarten – wovon vielleicht jetzt schon einige ausgestorben sind –, eine fast unvorstellbare Vielfalt dar. Sicher gibt es da und dort noch andere Bezeichnungen, und falls Sie davon Kenntnis haben, wäre der Verfasser für eine diesbezügliche Benachrichtigung über den Verlag sehr dankbar.

Parus major L. / Kohlmeise
Finkmeise, Brandmeise, Großmeise, Grasmeise, Spiegelmeise, Speckmeise, Schinkenmeise, Talgmeise, Pickmeise, Schwarzmeise

Parus caeruleus L. / Blaumeise
Ringelmeise, Bienenmeise, Mehlmeise, Merlmeise, Hundsmeise, Jungfernmeise, Pimpelmeise, Bümbelmeise, Himmelmeise, Blaumüller

Parus cyanus Pall. / Lasurmeise
Pommernmeise

Parus ater L. / Tannenmeise
Holzmeise, Harzmeise, Hundsmeise, Kreuzmeise, Pechmeise, Sparmeise, Schwarzmeise, Sichelschmied, kleine Kohlmeise

Parus cristatus L. / Nordische Haubenmeise
Nordlandmeise, Häuberich, Polenmeise

Parus cristatus mitratus Brehm / Mitteleuropäische Haubenmeise
Tollmeise, Häubelmeise, Hörnermeise, Straußmeise, Heidenmeise, Schopfmeise, Kuppmeise, Kobelmeise, Meisenkönig

Parus palustris L. (fruticeti) / Nordische Glanzköpfige Sumpfmeise
Nordmeise, Hartertmeise

Parus palustris communis Baldenst. / Mitteleuropäische Glanzköpfige Sumpfmeise
Graumeise, Nonnenmeise, Blechmeise, Plattmeise, Glanzkopfmeise, Mönchmeise, Pfützmeise, Murrmeise

Die Meisenvögel

Parus atricapillus salicarius Brehm / Mitteldeutsche Weidenmeise
Mattköpfige Sumpfmeise, Sumpfmeise, Weidenmeise, Weidensumpfmeise, Schwarzfleckmeise, Leipzigermeise

Parus atricapillus rhenanus Kleinschm. / Westliche Weidenmeise
Rheinmeise, Hollandmeise

Parus atricapillus borealis Selys / Nordische Mattköpfige Sumpfmeise
Preußenmeise

Parus atricapillus kleinschmidti Hellm. / Englische Mattköpfige Sumpfmeise
Torfmeise

Parus atricapillus montanus Baldenst. / Große Alpenmeise
Bergmeise, Felsmeise

Aegithalos caudatus L. / Weißköpfige oder Nordische Schwanzmeise
Mehlmeise, Mohrmeise, Bergmeise, Spiegelmeise, Zagelmeise, Schleiermeise, Schneemeise, Riedmeise, Moormeise, Zahlmeise, Weinzapfer, Pfannenstiel, Teufelsbolzen

Aegithalos caudatus roseus Blyth / Rosenmeise
Dreckmeise, Rothalsmeise

Anthoscopus pendulinus L. / Beutelmeise
Florentinermeise, Remiz, Kleinmeise, Pentulinmeise, Beutelrohrmeise, Taschenmeise, Sackmeise

Panurus biarmicus L. / Bartmeise
Zimtmeise, Hollandmeise

Diese Liste ist nicht vollständig und kann mit Mängeln behaftet sein. Meisen gehören der Ordnung der Sperlingsvögel, der Unterordnung der Singvögel an, und für den interessierten Laien ist es nicht immer leicht, die echten Meisen (Parinae) mit all den ersten, zweiten und dritten Unterarten oder gar von den nahen Verwandten wie z.B. den Spechtmeisen/Kleiber (Sittiadae) auseinanderzuhalten. Der aktive Beitritt in einen ornithologischen Verein kann hier durch die Hilfe erfahrener Vogelkundler ganz neue Welten eröffnen.

und ihre Namen

Waldmeisen
1 Kohl-, 2 Blau-, 3 Hauben-,
4 Sumpf- und 5 Tannenmeise.

55

Die Meisenvögel

WEISSKÖPFIGE SCHWANZMEISE

Aegithalos caudatus L.

Verkleinerte Wiedergabe einer sog. «schwarzen Tafel» aus Brehms Tierleben, vierter Band, Seite 493, gezeichnet von Friedrich Specht. Gleichen Ursprungs die Tafel auf der Vorderseite, gezeichnet von Georg Mütz.

und die Kinder

Unsere gefiederten Freunde

Freud und Leid der Vogelwelt

✲

Der Jugend geschildert von
Joh. Ul. Ramseyer

Mit 16 Farbentafeln und 60 schwarzen Bildern
von Rudolf Münger und Mathilde Potterat

Erster Teil

19.—23. Tausend

1928

Verlag von A. Francke A.-G. / Bern

Faksimile-Teilwiedergabe der Meisenerzählungen eines längst vergriffenen Jugendbuches aus der heilen Welt unserer Großeltern.

Geschichten über

Die Kohlmeisen.

> Eh noch der März beginnt,
> Schnee von den Bergen rinnt,
> Singet das Vöglein schon
> Freudigen Ton:
>   tsi si dä, tsi si dä, tsi si dä!

Es war anfangs Februar, zwei Wochen vor der Ankunft der Stare; da regierte der Winter noch so streng, dass kein Vöglein es wagte, ein Liedlein zu singen. Die böse Bise, die Frau des Winters, passte auf, und wenn einem Vöglein ein froher Ton entfloh, dann blies sie das Vöglein so kalt an mit ihrem Atem, dass es fast erstarrte und schnell ein Plätzchen aufsuchte, wohin die Bise nicht gelangen konnte.

Als aber einmal die Kohlmeise an einem Zweiglein den „A u f s c h w u n g," die „B a u c h w e l l e" und sogar den „R i e s e n s c h w u n g" probierte und immer rascher von Zweig zu Zweig ihre Turnkünste übte, oft sogar an einem Ästchen hing, den Kopf nach unten, da musste die Sonne über den kleinen geschickten Turner lachen; sie warf ihm einen ganzen Strauss von Strahlen zu, so dass er über und über und durch und durch von den belebenden Sonnenstrahlen beschienen war.

Die Kohlmeise zuckte freudig empor; ein Wonnegefühl durchströmte sie und weckte alle Liedlein, die in ihrer Kehle schlummerten. Die Liedlein liessen sich nicht mehr halten; sie wollten absolut zum Schnäbelchen hinaus. Sie hob rasch das Köpfchen gegen ihre Freundin, die Sonne, sperrte das Schnäbelchen auf und sang: „Du bist lieb, du bist lieb, du bist lieb!" Sie war so voll Fröhlichkeit, dass sie nicht merkte, wie der Winter den kühnen Sänger zum Schweigen bringen wollte. Allein die Sonne nahm das fröhliche Vögelein in Schutz. So sang es alle Mittag und dann auch am Morgen; die andern Kohlmeisen stimmten ein. Der kleine Baumläufer oder Mauerläufer zog sein Flötenpfeifchen auch aus dem Versteck hervor und blies alle Augenblicke mit lautem scharfen Ton: „Itz muss der Winter zum Loch us!"

Bald kamen die Stare auch und halfen den Winter zum Loch hinausjagen.

Meisenvögel

Die willkommene Kohlmeise.

Nicht nur die Sonne hatte Freude an den flinken und fröhlichen Sängern und Turnern, sondern auch die Baumbesitzer. Die Vöglein turnen nämlich nicht nur so aus Übermut; sie suchen an den Zweigen Würmchen und Insekteneier.

Viele Schmetterlinge und Käfer, die am Tage, andere, die des Nachts fliegen, legen ihre Eier um die Zweiglein, an die Knospen, in die Ritzen der Rinde. So ein Schmetterling oder Käfer legt aber nicht nur e i n Ei, sondern 80 bis 100 und mehr. Wenn nun viele, viele Tausend Schmetterlinge und Käfer fliegen, so werden fast alle Zweige, alle Bäume mit Eiern belegt.

Aus jedem Eilein kriecht aber ein Würmlein; das ist hungrig und fängt an zu fressen. Einzelne suchen die Blätter auf und fressen daran, andere bohren in die Blüten ein Loch und fressen sie hohl (blüht die noch? rostige Blütenknospen); andere bohren Löcher in die Rinde und schälen diese vom Holz los, und der Baum müsste sterben; einzelne Würmlein bohren sich auch in das Obst und machen es wertlos (wurmstichig).

Da kommen die Meisen: Kohl-, Blau-, Sumpf-, Tann- und Schwanzmeisen, auf Bäumen die Kohl- und Blaumeisen. Sie untersuchen jedes Zweiglein, jede Ritze und jede Knospe und fressen die Schädlinge auf.

Bis aber eine Kohlmeise von den kleinen Dingern satt ist, muss sie mehr als tausend fressen, und so werden von den vielen Kohlmeisen die meisten Würmlein aufgestöbert.

Zu den Kohlpflanzungen fliegen im Juli und August ganze Schwärme weisser Schmetterlinge (Kohlweissling). Diese legen auf der Unterseite der Blätter Eilein; aus diesen gibt es grünliche Raupen, und die fressen in kurzer Zeit den Kohl ab, dass nur noch die Rippen stehen bleiben.

Diese Raupen sind ein Leckerbissen für die Kohlmeisen. Da durchsuchen sie denn mit ihren Jungen die Kohlköpfe und fressen die Schädlinge fort; deshalb nennt sie die Hausfrau auch K o h l m e i s e n.

Weil die Kohlmeisen so nützlich sind, möchte jedermann in seiner Besitzung solche Vögelchen haben; deshalb sind sie überall willkommen.

Geschichten über

Kohlmeisen säubern den Kohl von Raupen.

In Kohlmeischens Gesellschaft.

Auf der offenen Laube sassen Vater, Mutter, zwei Knaben und zwei Mädchen beim Frühstück. Für wen aber hatten die Kinder auf dem Laubengesimse zunächst des Tisches noch gedeckt und keinen Löffel beigelegt und keinen Stuhl hingestellt? Dort befanden sich mehrere dünne Brotscheibchen mit aufgestrichener Butter und sogar sechs halbe Baumnüsse warteten da; niemand war noch zu sehen.

Kaum aber klirrten die Löffel und Teller, da kamen die Gäste. Zuerst ein wunderfein gezeichnetes Vögelein, ein **Kohlmeisenmännchen**. Mit einem: „di di di" grüsste es freundlich, guckte schnell, wo die Katze sei, die ihm aber nichts tun durfte, und lockte mit allerlei zärtlichen Tönen auch das Weibchen herbei. Nun pickte das Männchen erst ein Krümchen ab und überreichte es mit zärtlicher Freundlichkeit dem Weibchen. Mit den Flügeln Dank zitternd, nahm das Weibchen den Bissen und bediente sich dann selbst. Das Männchen aber lockte mit noch ein paar Tönen die Jungen herbei, die vor acht Tagen ausgeflogen waren und beim nächsten Baume auf die Einladung warteten.

Meisenvögel

Wie acht Kügelchen flogen sie auf die Laubenlehne und wurden dann von Vater und Mutter der Reihe nach abgefüttert. Keines drängte sich vor; aber auch keines wurde vergessen. Erst als die Jungen gesättigt waren, dachte Prinzchen, wie die Kinder das Männlein nannten, an sich und schmauste mit Behagen vom gedeckten Tisch.

„Sind das nicht feine Vögelein? Habt ihr gesehen, Buben, wie freundlich das Männchen zuerst für das Mütterlein und für die Kinder sorgte und erst zuletzt mit dem Reste vorliebnahm? Viele Männer, die nur an sich denken, Frau und Kinder darben lassen, könnten von den Vögelein etwas lernen!" sprach der Vater. Die Mutter fügte bei: „Habt ihr auch gesehen, wie artig sich die jungen Vögelchen benehmen? Keines drängte sich unbescheiden vor, keinem mussten sie auf den Schnabel klopfen und es zum Anstand weisen!"

„Jetzt aber seht mir einmal die schönen Röcklein der Kohlmeisen an," sagte der Vater, „die beiden glänzendgelben Spiegel (Flecken auf der Brust) mit dem schwarzen Streifen in der Mitte, den weissen Bäcklein und dem Sammetkäppchen, den blaugrünen Rücken. Das Weibchen ist gleich ge-

Kohlmeisen als Gäste beim Frühstück.

Geschichten über

zeichnet, nur blasser in jedem Ton; und die Jungen tragen ein fast graues Kleid, nur das Brüstlein verrät auch schön gelb zu werden.

Wenn man aber von weitem nicht wüsste, welches das Männchen und welches das Weibchen wäre, hörte man dies am Gesang; das Weibchen kann auch nur rufen, locken, warnen und klagen.

Von den sämtlichen Meisenarten sind die Kohlmeisen die grössten, obschon auch sie nur kleine Vögelchen sind. Sie können besser turnen als fliegen; sie haben nur kurze Flügelchen und meiden es, in freier Weite zu fliegen. Meistens geht es von Baum zu Baum gedeckt. Muss es aber doch sein, dann scheinen sie auf dem letzten Baum einander förmlich Mut zuzusprechen zum grossen Wagnis.

Fliegen Krähen über ihre Flugstrecke, dann kehren die Vöglein meistens rasch um und warten eine ungefährlichere Zeit ab.

Aber dann geht es noch länger, bis eines voran darf und die andern in einer Linie nachfolgen. Darum bleiben sie im Winter auch da, bis ihnen jemand alle zehn Meter voneinander einen Baum setzt bis nach Afrika.

Auf einem dichten Baume fürchten sie sich nicht; da helfen sie mutig den Bachstelzen und Buchfinken vor Raubvögeln zu warnen und zu zetern.

Kommen Katzen oder Spatzen in die Nähe ihres Nestchens, dann rufen sie mit „drrrr, drrrr, Fink tsi, tsi, tsi, drrrr" um Hilfe. Amseln, Stare und solche Vögel versucht die Kohlmeise vom Neste fortzujagen; aber bei Spatzen ruft sie nur um Hilfe; diese fürchtet sie am meisten.

    Denn wo Spatzen hausen,
    Bleiben andre Vögel fern.
    Das ist für sie ein Grausen,
    Da bleiben sie nicht gern.

Meisenvögel

Sorgenvolle Brut.

Als die klügern Bauern merkten, dass die Kohlmeisen Neststübchen suchten, kauften sie ihnen sofort solche, die man wagrecht an Bäumen befestigt; drei bis vier Meter hoch an einem wagrechten Ast, Richtung nach Südosten oder Süden oder gegen einen wettergeschützten Ort wurden die Kasten befestigt.

Da flogen sofort die Kohlmeisen herbei, um sich die Niststübchen anzusehen. Sie machten miteinander ab, nicht zu nahe beieinander zu wohnen, weil sie sonst zu weit fliegen müssten, um für ihre Jungen Futter zu finden. Näher als fünfzig Meter soll keine zur andern sich ansiedeln. Das ging aber nicht ohne Kampf ab.

Hatte sich ein Kohlmeisenmännchen ein Nistkästchen auserwählt, so wurde es genau besichtigt.

Kohlmeisenmännchen lockt das Weibchen zum Nistkasten

Geschichten über

Dann flog es vor das Einflugloch und rief in lockendem Tone: „tsi, tsi, tsi, tsi" so lange, bis das Weibchen kam, denn es sollte sein Urteil auch abgeben. Das Männchen schlüpfte nun nochmals hinein, rief inwendig dem Weibchen, dieses schlüpfte ihm nach.

Es sprach da zum Männchen: „Es ist ein feines Stübchen; es gefällt mir sehr gut; aber vor dem ersten Mai wollen wir keine Brut anfangen, sonst finden wir für die Jungen nicht genug zu fressen!" Das Männchen war einverstanden. Damit es aber alle andern Vögelein wissen, dass dieses Kästchen besetzt sei, rief es oft: „D a s i s t m i s*, d a s i s t m i s, d a s i s t m i s !" Trotz dieser Bekanntmachung wagte sich das Männchen doch nie weit von seinem Nistkästchen weg. Alle Augenblicke kam ein Vogelpaar, um sich die Nistkasten zu besehen. Den meisten aber war das Einschlupfloch zu klein, und sie zogen wieder ab, so auch die dicken Hausspatzen mit dem russigen Käppchen.

Da kamen aber noch die kleinen Feldspatzen mit den rötlichen Käppchen. Für die passte das Einflugloch auch, und sie nahmen ohne weiteres Besitz vom Nistkästchen. Umsonst rief ihnen die Kohlmeise zu: „Das ist mis, das ist mis!" Die Spatzen lachten nur: „tschirrg, tschirrrg!" Das sollte

Das Nest in Gefahr.

* meins!

Meisenvögel

heissen: „Jetzt ist es mis!" Da riefen beide Meisen laut: „drrrr, drrrr, drrrrr!" Das hiess auf meisisch: „Räuber, Diebe, Schelmenpack! Zu Hilfe!" Der Hausherr hörte sie rufen und sprach: „Nein, für euch Lumpengesindel habe ich das Kästchen nicht aufgehängt!" Und er verjagte die Spatzen mit einem Steinwurf. Da riefen die Meisen: „So ist's recht, so ist's recht!"

Die Kohlmeisen fingen jetzt zu bauen an. Sie konnten aber nur kurze Neststoffe eintragen, weil sie mit langen Halmen nicht ins Kästchen gelangt wären. Sie bauten mit Baummoos ein recht festes und warmes Nestchen und fütterten es mit Haaren und andern weichen Stoffen, wie Weidenwolle (Weidenkätzchenblüten) aus. Denn um acht bis zwölf Eilein warm zu halten, bedarf es schon ein gutes Bettchen.

Während weitern vierzehn Tagen legte das Weibchen seine weisslichen Eilein, mit roten Spritzern versehen, zwölf an der Zahl. Das Männchen hatte eine rührende Freude daran; unermüdlich sang es dem Weibchen jetzt: „D u b i s t l i e b, d u b i s t l i e b, d u b i s t l i e b!" und wenn es dasselbe einen Augenblick nicht sah, rief es laut: „W o b i s t, w o b i s t, w o b i s t?"

Als das letzte Eilein gelegt war, kam wieder ein Paar Feldspatzen, liess sich breit und pluderig auf dem Nistkästchen nieder. Die Meisen meinten, die Tschirger werden wohl sehen, dass das Kästlein besetzt sei, weil sich darin Eier befinden. Natürlich sahen sie es; aber sie hätten ihnen die Eier zerstört und das Nest für sich genommen, wenn ihnen ihr Freund nicht wieder beigestanden wäre.

Als die Meisen schon acht Tage alte Junge hatten, versuchte wieder ein Spatzenpaar ihnen das Nest zu entreissen. Ohne viel Umstände trugen sie Stroh und Federn hinein, um damit die Jungen zuzudecken; diese wären natürlich elend verhungert. Ihr Freund musste den Meisen wieder helfen.

Ohne die Hilfe des Freundes hätten die Meisen ihr Stübchen verlassen müssen; jetzt aber hatten sie ein paar Tage Ruhe und konnten brüten.

Geschichten über

Böse Nachbarschaft.

Als einmal das Kohlmeisenmännchen den Jungen Futter brachte, kam auch das Weibchen herbeigeflogen. Es zitterte am ganzen Leibe. Dann sprach es voll Angst: „Ach, Männchen, wir und die Jungen sind verloren. Als ich an der Bachhecke Raupen suchte, sang auf dem grossen Apfelbaum ein Vogel; zuerst meinte ich, es sei unser „Kapellmeister," die Lerche, die halblaut ein neues Lied studiere, — aber dann sang er sogleich wie unser Freund, die Gartengrasmücke, der nächste Satz schien aber von unserm Flugmeister, der Schwalbe, zu kommen, und der Schluss war dem Gesang des Schilfrohrsängers, dem Körbchenflechter, entnommen.

Es nahm mich wunder, welcher Vogel ein so zusammengestohlenes Lied singe, und ich flog auf den untersten Ast, um ihn zu erspähen.

Da bemerkte ich in einer Astgabel ein grösseres Nest, so wie es die Trompeter, die Finken, bauen. Schon wollte ich: „Guten Tag, liebe Nachbarin" rufen; da erkannte ich noch zur rechten Zeit, dass es das Nest des Würgers war mit dem roten Käppchen. Der Schreck hatte mich fast gelähmt und schon stürzte der Sängervogel auf mich. Kaum konnte ich in den dichten Hag entrinnen; er hat mir viele Federn ausgerupft. Ich wusste nicht, dass der Vogel mit seinem Liede kleinere Vögel sorglos machen und sie heranlocken will; du sagtest doch immer, Raubvögel singen nicht!" Das Männchen wurde auch ganz traurig und sann nach, dann sprach es: „Ich weiss etwas: sobald unser Freund heute sichtbar wird, fliegen wir zum Würgerbaum und machen Lärm, vielleicht hilft er uns. Versteht er unsere Angst nicht, so fliegen wir sobald als möglich mit unsern Jungen fort in den Wald!"

Als der Bauer mit der Sense in die Hofstatt ging, um zu mähen, da umflogen zwei Meislein einen Baum und riefen laut: „däärrr, däärrr, Fink tsi tsi tsi tsi!" Der Bauer stand still, legte die Sense ab, lief schnell ins Haus zurück und holte sein Gewehr. Leise schlich er sich an den Baum heran. Da hörte er das Würgermännchen wieder locken. „Nein, du Mordbube, hier hast du nichts zu singen," sprach er und schoss die Räuberbande herunter. „Du bist lieb, du bist lieb, du bist lieb!" sang das Kohlmeisenmännchen.

Meisenvögel

Der Bauer sagte dann zum Nachbar: „Wenn man den Meisen ihre Feinde nicht verjagt oder schiesst, dann fliehen sie mit ihren Jungen fort; ich möchte aber gerne, dass sie mit ihren Jungen dableiben und die Bäume von Ungeziefer reinigen!"

Fröhliches Leben.

Schon gegen drei Wochen lang hatten die alten Kohlmeisen den Jungen Futter in das Nestchen gebracht. In jeder Stunde flog eine Kohlmeise wenigstens zehnmal mit einer Raupe daher, im Tage also mindestens 100mal, in der Woche 700mal und in drei Wochen 2100mal und so viele Raupen hatte nur diese eine Kohlmeise gebracht, die andere ebensoviel. Diese Raupen hätten nicht Platz in einem Hute und hätten manches Blatt gefressen und manchen Apfel.

Die jungen Kohlmeisen waren jetzt fast so gross wie die alten; nur ihre Flügelchen waren noch etwas kurz und ebenso das Schwänzchen. Sie trieben unter sich allerlei Spässchen und kicherten den ganzen Tag halblaut. Sie flatterten im Kästchen hin und her. Das war ein Leben! Das hungrigste Meischen aber passte beim Einfluglocke auf Futter. Wenn ein Altes kam, streckte es das Köpfchen heraus und nahm den Bissen. Mit den lustigen Äuglein guckte es dann gar sehnsüchtig in die Welt, wo man fliegen konnte, so weit man wollte.

In das Nestchen kamen die Alten selten mehr, um den Kot der Jungen wegzunehmen; sie besorgten das jetzt schon selber, weil das Kästchen wagrecht hing.

Wenn die Alten aber das Zeichen gaben, es sei ein „Ungeheuer" da, da krochen die Jungen schnell in ihrem Nestchen zusammen und steckten die Köpfchen einander unter die Flügel; so blieben sie so lange mäuschenstill, bis die Alten riefen: „Das Ungeheuer ist weg!"

Fast jedesmal, wenn ein Altes mit Futter kam, fragte das eine oder andere der Jungen: „Dürfen wir bald ausfliegen? Wir können jetzt schon

Geschichten über

recht gut die Flüglein brauchen!" Da sagte einmal das Männchen „Morgen, wenn die Sonne wieder scheint, könnt ihr herauskommen!" Das gab eine Freude unter den Federkindern; jedes wollte am besten fliegen können.

Junge Kohlmeisen in Gefahr sich duckend.

Der Vater aber belehrte sie, dass es mit ihrem Fliegen nicht weit her sei, ihre Flügel seien noch zu klein, und sie würden bald müde werden. Aber draussen könnten sie sich nicht mehr im Nest verstecken. Wenn ein Feind komme, da müssten sie schnell gehorchen und unter ein Zweiglein schlüpfen, das recht viele Blätter habe. Von unten meine man, ihr Leib sei ein Stück grauer Ast, und von oben halte man ihr graublaues Röcklein für Baumblätter.

Die Jungen aber waren voll Zuversicht, und 24 lebenslustige, kluge Äuglein belehrten den noch ängstlichen Vater, dass er von seinen Kindern das Beste hoffen dürfe. Alle träumten dann in der Nacht von der goldenen Sonne, die sie morgen sehen könnten und ihren Leib von ihr durchstrahlen lassen, von einem hohen Fluge bis zu ihr, von dicken Raupen, die sie selber finden könnten, und von Fliegen, denen sie selber nacheilten und sie packten.

Da rief eine bekannte Stimme: „He da, ihr kleinen Faulenzer, wie lange wollt ihr schlafen? Die Sonne wartet schon lange auf euch; heraus jetzt; wir wollen draussen frühstücken! mir nach!" so rief die Mutter und flog auf den nächsten Zwetschgenbaum, der so dichtbelaubte Zweige hatte. Eines nach dem andern, wie Federkugeln, flatterte ihr nach auf einen schützenden Ast. Vater Kohlmeise hielt Ausschau nach einem Feinde.

Da sassen nun ihrer elf. Sie hatten so viel zu sehen und zu fragen, dass sie ganz vergassen, dass sie hungrig waren, und Vater Kohlmeise begann mit seinem Schulunterricht — zuerst mit dem Auffinden von Futter.

Alle Augenblicke hörte man ein feines Stimmchen mit „di di di" etwas fragen, und das Alte antwortete mit „dä dä, dä dä."

Meisenvögel

Aber wo ist denn das zwölfte Kohlmeischen? Ach ja, das sitzt noch im Neste und bittet, es doch nicht zu vergessen.

Als die bösen Spatzen sie mit Stroh eindecken wollten, beschädigten sie ihm ein Flügelein, und jetzt ist es noch nicht ganz geheilt; aber die Mutter bringt ihm Futter ins Nistkästchen, und bald kann es sich auch mit den andern draussen tummeln und freuen.

Ausflug der jungen Kohlmeisen.

Eines Mittags hatte die Sonne grauschwarze Vorhänge vorgezogen; man sah sie nicht, und von weither hörte man ein dumpfes Rollen — ein Gewitter war im Anzug.

Da sprach Mutter Kohlmeise zu ihren Jungen: „Es werden bald Wassertropfen von oben fallen, und die würden euer Röcklein ganz nass machen, dass ihr frieren würdet und nicht mehr fliegen könntet. Aber hinten über eurem Schwänzlein habt ihr ein kleines Zäpflein (Drüsenwarze); wenn ihr mit dem Schnäbelein daran drückt, so spritzt Öl heraus; dann zieht die Flügelfedern und Rückenfedern und wenn genug Öl ist, auch noch die andern Federn durch das ölige Schnäbelchen!" Die Eltern machten es vor,

Regentoilette.

Geschichten über

und die Jungen machten es nach. Als es dann regnete, blieb kein Tropfen an ihren Federn kleben; die Regentropfen glitten ab wie Perlkügelchen, und sie blieben trocken. So mussten die Eltern sie noch gar manches lehren; ein ausgeflogenes Vögelein, selbst wenn es eine lustige Meise ist, würde ohne Schule nicht davonkommen.

Kohlmeischens Erlebnisse.

Nahezu vierzehn Tage lang blieben die alten Kohlmeisen bei den jungen. Unterdessen säuberte der Herr, ihr Freund, das Brutstübchen, öffnete die Rückwand und zog dann das Nestchen auch heraus, warf wieder eine Handvoll feines Heu oder Torfstreu hinein und schloss die Tür wieder. Die Kinder des Vogelfreundes begossen das alte Nestchen mit heissem Wasser, weil viel Ungeziefer darin war, und liessen es an der Sonne trocknen. Sie wollten es aufbewahren.

Nach vierzehn Tagen kamen die alten Kohlmeisen und begannen mit der zweiten Brut. Sie hatten ungefähr die gleichen Sorgen zu bestehen wie bei der ersten.

Trotzdem zu dieser Zeit jetzt viele junge Würger, Krähen, Elstern, Eichelhäher und Sperber waren, welche von den Alten zum Rauben und Morden angelernt wurden, erlitten unsere Kohlmeisen kein Unglück. Das Raubgesindel hatte Furcht vor dem Donnerrohr des Vogelfreundes und mied dessen Hofstatt.

Aber die Kohlmeisen, die in der Nachbarhofstatt bauten, hatten ein böses Leben. Niemand merkte es, wenn sie um Hilfe riefen; niemand machte ihnen ein Nistkästchen auf. Dafür siedelten sich dort Krähen an; aber die raubten dem Besitzer die Hühnchen und Tauben. Die schlimmsten Räuber aber waren die zwei Buben des Bauers; die machten Meisenfallen und wollten die schönen Meislein fangen und sie einsperren oder töten. Weil auch das Haus von Spatzen wimmelte, konnten die Meisen nicht lange Zeit ruhig leben, eines um das andere von den Alten kam zudem ums Leben, und so mussten auch die Jungen absterben.

Meisenvögel

Beim Hause war ein Bienenstand. Da flogen viele tausend Bienen ein und aus; sie sammelten Honig und trugen ihn in ihre Honighäfelein. Im Bienenhaus waren aber auch solche Bienen, die keinen Honig sammelten und auch nichts arbeiteten. Da wurden die Bienlein über diese böse; denn sie frassen noch ihren Honig. Die Bienen stürzten auf diese Faulenzer und stachen sie tot, schleppten sie vor das Loch und liessen sie dort fallen. In einem Bienenstocke sterben aber alle Augenblicke auch Honigsammler; diese werden auch vor das Loch geschleppt.

Da flogen die Kohlmeislein und andere Vögel herbei und schnappten die kranken und toten Bienen auf. Der Bienenvater bemerkte, dass die Kohlmeislein zu seinem Bienenstand flogen und Bienen aufschnappten. Der kurzsichtige und ängstliche Mann meinte, er komme in Schaden, die Meislein fressen ihm gesunde Bienen. Ohne die Sache zu untersuchen und zu denken, schoss er sie einfach tot.

Deshalb mieden die nützlichen Vögel diesen Ort; die Raupen frassen ihm die Bäume krank, und er musste sie fällen. Dagegen hatte er so viele Spatzen, dass sie den Hühnern alles wegfrassen und diese wegen Hunger wenig Eier legten.

Als seine Frau Erbsen gepflanzt hatte, kamen nach dem Blühen Insekten und legten Eilein an die Hülsen, in welchen die Erbsen liegen. Aus den Eilein gab es Würmer, die sich zu den Erbsen hinein ein Löchlein bohrten und die Erbsen frassen, so dass viele Hülsen oft gar keine gute Erbse hatten.

Die Kohlmeislein merkten diese Schädlinge; sie flogen hin; mit ihren scharfen Äuglein fanden sie den Bösewicht bald, pickten ein Löchlein in die Hülse und zogen den Kerl heraus. (Der Wurm frass nachher keine Erbsen mehr.)

Da kam die Bäuerin. Sie sah, wie aus den Erbsen Kohlmeisen flogen, sah die Löchlein in den Erbshülsen, und weil sie auch nicht gerne untersuchte und beobachtete, sagte sie dem Manne: „Die Kohlmeisen haben auch mir geschadet und fast alle Erbsen verlöchert und gefressen, du musst sie schiessen!" So stellte sich der Bauer mit seinem Schiessprügel auf die Lauer und schoss jede Kohlmeise herunter, die kam. Dafür frassen ihnen die Raupen auch den Kohl, die Erbsen und das Gemüse.

Meisen in der

Diese zwei Leute sind aber nicht die einzigen, welche aus Unverstand die nützlichen Vöglein töten, solcher sind noch viele, viele, und Buben noch viel mehr.

Dafür sind ihnen aber verständige Menschen gut und pflegen sie.

Im Winter fliegen die Kohlmeisen nicht fort, weil über das Meer keine Bäume sind. Da sammeln sie sich bei den Schulhäusern, wohin ihnen gutherzige Kinder Obstkerne, Hanfsamen und Sonnenblumensamen bringen, wo es auf grossem Brette ausgestreut wird. Zu Hause geben sie ihnen auch alle Tage Futter und hängen ihnen Speck her, an dem sie sich gütlich tun können.

So kommen sie schon durch den harten Winter. Es gibt zwar fast in jedem Dorfe ein paar Schlingel, die sie fangen und plagen wollen.

Literatur

Die Kohlmeise *Parus major L.*

Mit der Kohlmeise oder großen Meise beginnen wir die zahlreiche Familie der Meisen. Der Flug der Meisen ist nicht hoch, weil ihre Kraft nicht in den Flügeln, sondern in Hals, Schnabel und in den Füßen steckt. Sie sind kleine, gedrungene Vögel, die äußerst gewandt und im Verhältnis zu ihrer Größe sehr kräftig sind. Für Insektenjagden sind sie wie geschaffen, denn sie vermögen sich auch am schwächsten Zweiglein festzuhalten. Allen Meisenarten ist die Vorliebe für dichtes Blattwerk eigen. Da sie meistens gedeckt fliegen, sieht man sie wenig in freier Luft. Die im Norden ansässigen Meisen suchen im Winter den Süden auf, während die Bewohner unserer gemäßigten Zone auch die kalte Jahreszeit bei uns verbringen. Sie unternehmen dann aber, gleichsam um sich zu entschädigen, lange Entdeckungs- und Vergnügungsreisen, sowie große Jagdpartien. Trotz ihrer Exkursionslust besitzen sie einen ausgeprägten Familiensinn und sorgen für zahlreiche Nachkommenschaft, besonders die Kohlmeisen. Das Fleisch aller Meisen, auch dasjenige der Körnerfresser, ist zäh und unschmackhaft. Ihr Gesang hat keine besondere Ausbildung erhalten, aber die wenigen und kurzen Töne, über die sie verfügen, sind hell und werden mit viel Betonung vorgetragen. Allen Meisen ist auch ein Unterhaltungstalent in Form kunstvoller Turnübungen, die sie dank ihrer Gewandtheit leicht und sicher ausführen, gegeben. Man sieht die Meisen nie ruhend; ihr Körper befindet sich ständig in Bewegung, und diese Bewegungen vollziehen sich schneller als jede Überlegung. Wie Sprungfedern spielen Füße, Schnabel und Flügel.

Die Meise, von der wir in diesem Abschnitt ein Bild zu entwerfen versuchen, ist die größte ihrer Familie. Ihren Namen Kohlmeise erhielt sie von den Hausfrauen, denen sie in den Gärten die Kohlköpfe von den Insekten befreit. Wegen der dunklen Kappe, die ihren Kopf bedeckt, nennt man sie anderwärts auch Schwarzmeise. Sie trägt ein reiches, in vielen Farben schillerndes Kleid. Die Wange bildet ein reiner weißer Fleck, der durch ein schwarzes Rändchen vorteilhaft eingerahmt wird; der grüne Rücken steht im hübschen Gegensatz zu den blauen Flügeln und zu der weiß und gelb gezeichneten Brust. Jede einzelne Feder prangt in besonderen Farben. Dieser Farbenreichtum läßt aber nicht den kleinsten Mißton aufkommen, und das Ganze erinnert nie an das Schellenkleid eines Hofnarren. Eine von Künstlerhand entworfene und für ein niedliches Vögelchen geschaffene Toilette, dem sein Schmuck eine unschuldige Freude berei-

Der Autor Eugène Rambert studierte in Lausanne Theologie, war daselbst und später während 21 Jahren an der ETH Zürich Professor für französische Literatur, Verfasser von über 120 Werken verschiedenster Wissensgebiete; seine Erzählungen lesen sich heute noch jung und gegenwartsnah – er verstarb 1886.

Meisen in der

tet, tritt vor unser Auge. Dieser Schmuck und ein wenig Sonne genügen, um das Leben der Meise zu einem endlosen Fest zu gestalten. Sie spielt und tummelt sich ohne Unterlaß vom Morgen bis zum Abend, hüpft von Ast zu Ast, hängt sich an das dünnste Zweiglein, erhebt sich wieder, zappelt mit den Füßen, schlägt mit den Flügeln, hämmert mit dem Schnäbelchen und wird nie müde, ihre Sprünge zu wiederholen.

Diesen Bewegungstrieb finden wir in noch stärkerem Maße bei den kleinen Meisenarten. Die Kohlmeise, wenn auch weniger leicht, ist aber schon erstaunlich behende. Ihr Spiel begleitet sie mit einem wohlklingenden Ruf, den sie unermüdlich wiederholt. Wie ein Freudenruf ertönt ihr «Si-ti-da, si-ti-da, si-ti-da!» Sieht man aber näher zu, so entdeckt man, daß das alles kein Spiel, sondern eine Jagd ist. An den äußersten Enden der Zweige, auf und selbst unter den Blättern sucht die Meise ihre Leckerbissen: Schmetterlingseier, Raupen, Spinnen und Larven. Hier liegt auch der Grund verborgen, warum sich die Kohlmeise so viel um die kleinen Äste zu schaffen macht. Jagd und Spiel, Spiel und Jagd, beide gehen ineinander auf, und es gibt kaum einen lustiger ausgefüllten Tageslauf als denjenigen einer Meise.

So entschwinden die Monate, die Jahreszeiten; der Herbst kommt und die Vöglein suchen die Nähe der Menschen auf. Während der Sommerhitze diente der Wald dem fröhlichen Völklein zur Herberge; nun aber ziehen die Gäste aus, um in den Gärten Wohnung zu suchen. Dann ist der richtige Moment für den Liebhaber gekommen, der die Kohlmeise näher betrachten und sie zu diesem Zweck einfangen will. Stellen Sie einen Käfig auf den ersten besten Baum im Hausgarten oder im Hofe. Neugierig nähert sich die Meise; sie ist verwundert und kann, vom Hunger gequält, der lockenden Versuchung nicht widerstehen. Sie zählt auf ihre geschickten und flinken Flügel als Retter in der Not, schlüpft durch den Eingang und pst! ist sie gefangen. Schneiden Sie ihr nun eine Feder, um sie auch mit Sicherheit wieder zu erkennen, und geben Sie ihr die Freiheit zurück! Sie dürfen darauf zählen, daß sich dieselbe Meise, die Sie eben freigelassen haben, nach einer halben Stunde wieder einfindet und die gleiche Torheit zwei- bis dreimal hintereinander begeht. Hüten Sie sich aber, die Meise in einen Käfig zu sperren, wenn Sie keiner tragischen Szene beiwohnen wollen. Der Vogel würde sterben, sonst irgendwie Schaden nehmen oder Unheil stiften.

Um nur ein Beispiel zu nehmen: einen in demselben Käfig lebenden schwächeren oder kränklichen Vogel würde die Meise verfolgen oder mit ihrem spitzen Schnabel so lange bearbeiten, bis er unterliegen müßte. Als Siegerin stellt sie sich dann gelassen auf den toten Körper ihres Opfers und pickt ihm mit ihrem

Literatur

stets gewetzten Schnabel den Kopf auf, um sein Gehirn auszusaugen. Bis zur Grausamkeit kann es also die Meise treiben. Es wird sogar von ihr behauptet, sie fröne solchen Gelüsten auch in der Freiheit, wo sich doch keine Entschuldigung für sie finden läßt, am allerwenigsten die der Langeweile. Die Meisen sind eben Kinder, und diese Altersstufe kennt bekanntlich kein Erbarmen. Im Frühjahr aber treten sie aus der Kindheit heraus. Die Liebe diktiert Waffenstillstand, und keine Jagden finden mehr statt. Dafür füllt sich das Nest sehr rasch, und man kann nicht feststellen, sind es zehn, zwölf oder zwanzig Eier, die darin liegen. Frau Meise läßt sich aber durch solche Zahlen keineswegs aus der Fassung bringen, und ruhig macht sie sich an das Ausbrüten dieser stattlichen Anzahl Eier. Bald schlüpfen die kleinen Vögelchen aus. Sie sind ebenso reizend wie die Eier selbst und sperren ihre hungrigen Schnäbelchen weit auf. Da gibt es viel Arbeit für Vater und Mutter, und beide fliegen geschäftig aus und ein, wobei es ihnen zustatten kommt, daß ihnen so kräftige Flügel gewachsen sind. Die nimmermüden Jäger treiben genug Nahrung auf, um ihren zahlreichen Nachwuchs großzufüttern. Derselbe ist auch bald stark genug, einen Ausflug auf den nächsten Baum zu machen und dort ein lustiges Lied zu zwitschern. Während einiger Wochen folgen ihnen die Alten und lehren sie Futter suchen. Darauf füllt sich das Nest von neuem.

Darin eben besteht das Leben der Meisen. Manchmal macht ein jäher Unfall demselben ein Ende, manchmal fällt es einer Katze oder einem Raubvogel zum Opfer. Oft auch hört es von selbst auf, einfach weil das kleine Meisenherz nicht mehr schlägt. Häufig wird die Meise vom Tode mitten aus einer Jagd herausgerissen, und es kommt vor, daß man sie in unveränderter Stellung tot an einem Zweiglein hängend findet.

Meisen in der

Die Tannenmeise *Parus ater L.*

Wir wären nicht überrascht zu hören, die Tannenmeise, auch kleine Kohlmeise genannt, stamme aus einer Kreuzung der Sumpf- und der Kohlmeise. Ihre Größe und ihr Gefieder bilden ein Mittelding zu diesen beiden Arten. Im allgemeinen ist die Tannenmeise ebenso einfach gefärbt wie die Sumpfmeise, besitzt aber auf den Flügeln einen eigenartigen Glanz, der an die schillernden Töne der Kohlmeise erinnert. Von dieser hat sie das pechschwarze Halsband und die weiße Wange, von jener die schwarze Samtkappe mit dem bis auf den Nacken reichenden Schleier erhalten. Statt schwarz wie die Kapuze selbst, ist dieser Schleier weiß, was dem kleinen, glänzenden Kopf, der für die Größe des Vogels sehr stark ist, einen entschlossenen, trotzigen Ausdruck verleiht. Nichts beweist übrigens, daß die Tannenmeise keine Kreuzung ist. Sie ist ziemlich verbreitet, und man sieht sie nicht nur zufällig. Sie gilt als kleiner, sehr bekannter Vogel, der seinen bestimmten Charakter, seine eigene Lebensweise hat, und alle Naturforscher stimmen darin überein, daß sie eine Art für sich bildet.

Wollen Sie nun die Tannenmeise kennenlernen? Gehen Sie in einen alten, dichten Wald, und wenn Sie nicht besonderes Pech haben, können Sie von der Höhe der Bäume herab deutlich ein «Sittü! Dütti! Dütti!» vernehmen. Das sind die Rufe und Antworten unserer Tannenmeise, die allein unter ihren Schwestern sich ihre Heimat im dunkelsten Blattwerk gewählt hat. Alle andern Meisenarten bevorzugen die Büsche, die Wiesen, manchmal auch Waldlichtungen oder Holzschläge. Wie konnten in der gleichen Familie so wesentliche Unterschiede in der Lebensführung, den Neigungen und den Wohnverhältnissen entstehen? Das ist eine wichtige Frage, deren Lösung nicht leicht ist, beginnt doch die Wissenschaft erst jetzt, einiges Licht auf diesen dunklen Punkt zu werfen. Während die Forscher über diese Frage noch streiten, erfreuen sich Dichter und Künstler an dem harmonischen Bild, das uns die Meise bietet. Wenn irgend etwas geeignet ist, etwas Fröhlichkeit in das dunkle, gestrenge Bild der Tanne zu bringen, ist es gewiß die Tannenmeise.

Leicht ist es, der Meise zu lauschen, aber schwer, sie zu beobachten, da sie von kleiner Gestalt ist und sich noch dazu im Blattwerk versteckt hält. Nur wenn sie auf dem Nest sitzt, kann man sie in lichten Baumwipfeln entdecken. In der Tat baut sie ihr Nest nicht an das dunkle Plätzchen, dem sie sonst den Vorzug gibt, sondern liebt als Wohnort große Eichen, in die etwas mehr Licht dringt als in die dichten Nadelhölzer. Ihre Lieblingsspeisen sind Nüsse, und man sieht sie oft

Literatur

auf einem Tannzapfen sitzen, um dessen Kerne herauszupicken. Einen reizenden Anblick bietet die Meise im Fluge. Es ist schwer zu sagen, ob dies der Gewandtheit ihrer Bewegungen, die mit denen der Sumpfmeise wetteifern können, oder den schillernden Farben ihres Kopfes, die mit ihrem glänzenden Schwarz und blendenden Weiß die schönsten Farbeneffekte hervorrufen, zuzuschreiben ist. Es braucht aber ein scharfes Auge und eine große Übung, um einen so gedeckten Flug, wie es derjenige der Meise ist, beobachten zu können.

Ein ahnungsloser Spaziergänger wird die Tannenmeise nur infolge der Bewegung gewahr, die sie im Walde verursacht. Ihr zierliches Wesen und ihre bezwingende Grazie helfen mit, unseren Wäldern jene Stimmung zu verleihen, die uns fühlen läßt, daß hier alles lebt und webt. Pst! Hier eine Bewegung, dort ein Knistern, stets rührt sich etwas, das schwebt und schwirrt, das kommt und geht, überall ertönen die lustigen Stimmen, die kristallklaren Töne, welche die Fröhlichkeit dieses unsichtbaren, in den hohen Wipfeln verborgenen Völkleins verkünden. Das Waldesdunkel birgt für die Tannenmeise keine Gefahr des Trübsinns. Sie weiß ihre Fröhlichkeit sogar auf den Menschen zu übertragen, vor dessen erregter Phantasie, ohne diese liebenswürdige Gesellschaft, vielleicht die Fratzen allerlei drohender Gespenster aus dem Dickicht grinsen würden. Die Tannenmeise aber kennt nur ein Gespenst, und das ist der unheimliche Nachtkauz, der den kleineren Vögeln die Eier frißt. Und nicht einmal der kann dem zierlichen Tierchen Angst einjagen. Wie die Blaumeise, so verjagt auch die Tannenmeise dieses Ungeheuer, indem sie alle ihre Nachbarn herbeiruft, die mit ihr zusammen einen so großen Lärm verursachen, daß der Feind binnen kurzem die Flucht ergreift.

Die Tannenmeise ist die Freundin des Försters, dem sie die Bäume von Insekten und Käfern reinigt. Für diesen Dienst überläßt er ihr gerne die kleine Anzahl Samenkörner, die sie verzehrt und deren es ja noch genug gibt. Doch selbst das Leben der Meise ist nicht immer leicht. Im kalten Winter, wenn es zu schneien beginnt, wird die Nahrung knapp. Durch Erfahrung ist aber die Tannenmeise klug geworden. Den Sommer über hat sie Vorrat gesammelt und ihn in hohlen Baumstümpfen versteckt. Das Eichhörnchen und der Häher machen es ebenso. Hierin zeigt sich deutlich der Instinkt der Waldbewohner. Die Tannenmeise folgt diesem sogar noch in Gefangenschaft und sucht auch im Käfig ein Versteck für Nahrungsvorräte. Die lebhafte Einbildungskraft dieses kleinen Vögelchens läßt es vor Sorgen nie zur Ruhe kommen, und wie der Geizhals versichert es sich hundertmal im Tage, ob nicht irgendein Einbrecher den Schatz entdeckt und fortgetragen habe.

Meisen in der

Die Blaumeise Parus caeruleus L.

Buffon, der große französische Naturforscher und Schriftsteller, erzählte folgende kleine Geschichte, die der Blaumeise nur zur Ehre gereichen kann. «Ich gesellte eines Tages zwei junge, aus demselben Neste stammende Tannenmeisen zu einer Blaumeise, indem ich sie zusammen in denselben Käfig sperrte. Die Blaumeise nahm die kleinen Fremdlinge an Kindesstatt an, teilte mit ihnen ihre Nahrung und zerstückelte ihnen in liebevoller Sorge die harten Körner.» Dieser selbe Buffon aber sprach auch schon das Urteil der angesehensten Naturforscher unserer Zeit aus, indem er die Blaumeise der gleichen Blutgier zeihte wie die Kohlmeise, die die kleineren Vögel verfolgt, um sich aus ihrem Hirn einen Schmaus zu bereiten. Was kann man zwei so entgegengesetzten Zügen entnehmen? Doch wohl nur, daß die Blaumeise, wie wir selbst, ihre guten und ihre schlechten Launen hat, daß sie abwechselnd weichherzig und grausam sein kann.

Ebenso zeigt sich die Blaumeise je nach den Umständen und je nach den Feinden, mit denen sie es zu tun hat, mutig oder feige. Selbst wenn sie in großer Gesellschaft ist, zeigt sie keine Tapferkeit. Man sieht ganze Schwärme beim Verlassen des schützenden Blattwerks in plötzliche Bestürzung geraten. Es ist der Falke, dieser große Raubvogel, dessen schwarze Umrisse in diesem Augenblick am Horizont auftauchen, der den kleinen Raubvögeln einen solchen Schrecken einjagt. Der Meisenschwarm flattert auf, unterbricht den Flug und kehrt eiligst in das Versteck zurück. Ein schlechter Spaßmacher kann die Angst dieser Vögelchen ins Unendliche steigern. Er braucht nur ein Taschentuch oder einen Hut in die Luft zu werfen, um die armen Meisen aus der Fassung zu bringen. Entdecken aber einige unter ihnen einen Nachtkauz vor seinem Loch, dann ist es nicht mehr die Angst, die sie jede Haltung verlieren läßt, sondern die Wut. Da kennen sie keine Gefahr mehr; sie geben ein Signal und verfolgen das Ungetüm, indem sie sämtliche Waldbewohner gegen dasselbe hetzen.

Großmütig oder grausam, die Blaumeise bleibt die Blaumeise und ist einer der zierlichsten Gäste unserer Büsche. Vielleicht aber ist es vorteilhafter, sie trotz des Glanzes ihres Gefieders und ihres azurblauen Käppchens, das an Stelle der schwarzen Kapuze der Kohl- und Sumpfmeise tritt, nicht ruhend zu betrachten. Größer als letztere, ist sie von weniger schöner Gestalt. Ihre Füßchen sind zu kurz unter dem kleinen, vollen Bauch; ihr dicker Hals, ihr dreieckiger, gegen die Brust hin zusammengezogener Kopf mit dem schwarzen, das Gesicht in zwei

Literatur

Hälften teilenden Strich verleihen ihr eine eher widerspenstige als liebenswürdige Miene. Man ist versucht zu fragen, was in diesem Kopf vorgehen mag. Es ist für die Blaumeise weit günstiger, sie in Bewegung, etwa wenn sie sich im Sonnenschein badet und spiegelt, zu beobachten. Wenn sie in den Kronen der Bäume von Ast zu Ast hüpft, sieht sie einem dem Käfig entwichenen Kanarienvogel gleich. Fliegt sie aber in Höhen, die dem Auge kaum erreichbar sind, könnte man sie für einen blauen Wundervogel aus den alten Sagen halten, so schön ist der Azur ihres Schwanzes und so glänzend das Fächerspiel ihrer Flügel. Gleich der Sumpfmeise turnt auch sie an den Zweigen, wobei sie es trefflich versteht, den ganzen Reichtum ihres Gewandes zur Geltung zu bringen. Sie weiß, daß sie hübsch ist, und läßt diesen Vorzug nicht unbenützt. Besonders wenn sie auf Freiersfüßen geht, weiß sie ihn zu gebrauchen. In dieser Zeit verschönert sie sich noch. Der Bräutigam, der einen Hausstand gründen will, zeigt auf die galanteste Weise alle seine guten Eigenschaften und Schönheiten. Er setzt sich neben seine Schöne, schaut sie zärtlich an, sträubt leidenschaftlich seine Federn, pfeift, zwitschert, girrt und umflattert sie, um sie zu blenden und zu bezaubern.

Während diesen Wonnemonaten leben die Meisen paarweise, später bekommen sie Familie, zahlreiche und doppelte Familie, wie alle Meisen; noch später bilden sie Gesellschaften, durchstreifen die Welt und veranstalten Festessen. Man findet sie zu jeder Zeit in der Nähe bewohnter Häuser, aber nie sind sie dort so heimisch wie nach Beendigung ihrer Elternpflicht. Und doch sind es nicht die Früchte und Körner, die sie anziehen, sondern immer die Insekten, die Larven und Raupen. Wenn sich ein Schwarm Blaumeisen auf einem Kirsch- oder Apfelbaume niedergelassen hat, dauert es nicht lange, bis er vollständig von den Schmarotzern gereinigt ist. Alle Äste, alle Blätter werden oben und unten und von allen Seiten untersucht. Diese Jagd geht singend und pfeifend vor sich, wie alle Meisenjagden, doch nicht ohne Vorsicht, denn dieser reizende Gärtner ist sehr darauf bedacht, nichts zu verderben. Wenn er im Frühling die blühenden Obstbäume mustert und seine Beute in jeder Knospe aufstöbert, weiß er mit seinem zierlichen Schnabel das Würmchen zu picken, ohne die Frucht zu schädigen.

Meisen in der

Die Haubenmeise Parus cristatus L.

Dieser merkwürdige Vogel ist wenig verbreitet und deshalb nicht so allgemein bekannt wie viele seiner gefiederten Genossen. Hat man ihn aber einmal in der Nähe gesehen, bleibt einem sein Bild für immer im Gedächtnis haften. Er hat einen scharf geprägten Kopf, dessen weiße Wangen sich scharf von einem schwarzen Halsband abheben; die Stirne ist weiß und schwarz gewürfelt, fast einem Damenbrett ähnlich. Was aber die Haubenmeise besonders auszeichnet, ist die stolze, geradeaufstehende Haube. Alle Meisen sind wunderliche Tierchen, diejenige aber, von der wir hier sprechen, ist die wunderlichste. Sie hat mehr denn einen Kopf, sie hat ein Gesicht, und unwillkürlich fragt man sich, was wohl in dem kleinen Gehirn, das sich hinter der bemalten Stirne und dem herausfordernden Federbusch versteckt, vorgehe. In der Tat, ein Gesicht ist es, das uns hier ansieht, ein sehr ausdrucksvolles Gesicht sogar, in dem sich Ernst und Komik, Erschrockenheit und Herausforderung spiegeln.

Die Lebensführung der Haubenmeise gleicht derjenigen der andern Meisenarten, am meisten derjenigen der Tannenmeise, der sie an Gewandtheit keineswegs nachsteht und mit der sie sogar, wenn es die Not erheischt, den Unterschlupf in einer alten Tanne teilt. Die Haubenmeise nährt sich fast ausschließlich von Insekten, vorzüglich von Käfern, Schmetterlingen und Schmetterlingseiern. Wäre sie verbreiteter, müßte man sie zu den nützlichsten Gästen unserer Wälder zählen. Die Haubenmeise wird nie in großer Gesellschaft gesehen, weil ihre Art eben nicht zahlreich genug ist, um eine solche zu bilden. Um ihr sehr entwickeltes soziales Empfinden zu befriedigen, verbindet sie sich mit anderen Vögeln wie den Zaunkönigen, Grau- und Grünspechten. Sie spielt in der Karawane, die ihre Kundschaftszüge in des Waldes Labyrinth unternimmt, sogar eine ganz bedeutende Rolle. Es scheint, es werde ihr von den andern eine gewisse Überlegenheit zuerkannt. Also trägt sie wohl nicht umsonst die Haube. Wenigstens ist schon beobachet worden, daß sie es ist, die bei einem von den hübschen Meisen gemeinsam unternommenen Spaziergang den Zug leitet. Sie dient als Führer. Ihr Ruf ist laut genug, um von der ganzen Gesellschaft gehört zu werden. Diese folgt ihr auch gehorsam. Es ist ein eigenartiger Triller, ein «Itzerrr», das sie kennzeichnet. Da sie über keine anderen Töne verfügt, drückt sie mit diesem einzigen Laut alle ihre Gefühle aus: die Liebe, die Angst, die Freude, den Zorn. Durch Anwendung mannigfaltiger Tonfälle versteht sie es aber trefflich, ihre Sprache verständlich zu machen, so daß auch ein Menschenohr mühelos de-

Literatur

ren Sinn verstehen kann. Schon bei den andern Meisen haben wir das Talent, wenige Laute sehr ungleich zu betonen, entdeckt. Bei der Haubenmeise fällt diese Kunst aber um so mehr auf, als ihr Ruf sonst noch monotoner ist. Trotzdem dieses Vögelchen in ziemlicher Entfernung von unseren Wohnungen lebt, flößen ihm die Menschen nicht die geringste Angst ein. Es läßt sie ohne Besorgnis ziemlich nahe kommen. Ja, gelegentlich geht die Haubenmeise so weit, daß sie auf den Wald verzichtet und im freien Felde vor einem Ornithologen, Beschützer der kleinen Vögel, Modell steht.

«Ich hatte», erzählt er, «das Glück, in meinem Garten eines Tages ein Haubenmeisenpärchen ankommen zu sehen. Es war im April. Die Meisen begnügten sich nicht mit der Untersuchung des Gartens, sondern nisteten sich zu meiner großen Verwunderung in einem künstlichen Nest ein, das an einem Birnbaum hing und das früher von Mauerschwalben und Kohlmeisen bewohnt wurde. Dieses von mir selbst gezimmerte Nest war stets sehr begehrt. Zur gleichen Zeit stritten sich auch Rotschwänzchen darum, und die kleinen Meisen, als die Erstgekommenen, hatten Mühe, sich darin zu behaupten. Eine Zeitlang glaubte ich, sie müßten den kürzern ziehen.

Endlich, nach 14 Tagen, war das Nest mit sechs hübschen, auf weißem Grund rostbraun gesprenkelten Eiern gefüllt. Während zwölf Tagen ging das Männchen allein aus. Nach dieser Zeit hörte man das Gezwitscher der Jungen, und zwar täglich deutlicher. Nun konnte ich mich nicht mehr zurückhalten, meine Geduld war zu Ende. Ich kletterte auf meinen Birnbaum, und in demselben Augenblick, da ich mich über das Nest neigte, flogen zwei, drei, vier, sechs kleine Vögelchen an mir vorüber. Der Ausgang war verfrüht. Zu schwach, um fliegen zu können, fielen sie in der Nähe des Baumes ins Gras. Aus Angst, die Katze könnte ihnen nachstellen, holte ich eiligst einen Käfig und hängte ihn, nachdem alle untergebracht waren, an einen sichern Ort. Einige Augenblicke später kamen die Alten, flogen in den Käfig und brachten den Jungen die Mahlzeit, als hätte sich nichts ereignet. Am andern Tage war ich abwesend. Als ich am Abend zurückkehrte, war der Käfig lehr. Die ganze Meisenfamilie tummelte sich unter den großen Blättern eines nahen Kastanienbaumes. Eines leider, das sechste, das Nesthäkchen, ging zugrunde. Ob es schwächer war als die andern, ob es vergessen wurde oder ob ihm sonst etwas zustieß, bleibt dahingestellt; ich fand es tot im Grase.»

Meisen in der

Die Schwanzmeise Aegithalos caudatus (L.)

Noch ein Vertreter aus der lustigen Meisengesellschaft. Das einfache Röckchen desselben erinnert an die Sumpfmeise: schwarz, grau, rotbraun und weiß. Der Kopf der Schwanzmeise ist hübsch rund, fast ganz weiß. Der Körper ist klein, sehr klein, wird aber durch den langen, eleganten Schwanz vorteilhaft ergänzt. Dieser Schwanz, den die Meise im Fluge stolz hebt, verleiht ihr ein gewisses wichtiges Aussehen.

Ihre Behendigkeit läßt sich mit derjenigen der Sumpfmeise vergleichen; was ihr gegenüber dieser an Kraft abgeht, wird wettgemacht durch ihr leichtes Gewicht. Ihr Schnabelhieb ist ebenso scharf, ihre Flügel schlagen ebenso heftig, ihre Bewegungen erfolgen ebenso rasch hintereinander. Die Rufe, die sie während ihres Fluges ertönen läßt, klingen ebenso fröhlich wie die der Sumpfmeise. Die Schwanzmeise hängt sich an ein Nichts, klammert sich von unten an Blattstiele, gleitet von einem Blatt zum andern und belustigt sich zwischenhinein an tausend Kunstsprüngen. Wenn sie einen eben gesäuberten Baum verläßt und mit ihren zuckenden Flügeln, ihrem geraden Schwanz die Luft durchfliegt, um einen andern aufzusuchen, könnte man sie für einen vorübersurrenden Pfeil halten. Zu ihrer Geschicklichkeit gesellt sich ein liebenswürdiger Charakter, eine kluge Lebensweise und ein sehr zärtliches Verhältnis zwischen den Gatten. Im Wohnungsbau beweist sie eine seltene Überlegenheit. Ihr Nest ist ein wahres Modell. Das Material dazu, welches aus Moos, Baumflechten, feiner Birkenrinde, Schmetterlingshülsen, Raupengespinsten, Fäden von Spinnennetzen usw. besteht, besorgt das Männchen. Es ist der Lieferant, während dem Weibchen die Rolle des Baumeisters zukommt. Der beste Bauplatz scheint ihnen derjenige, der sich in der Nähe einer gefüllten Vorratskammer befindet. Mit Vorliebe bauen sie in Gabelzweige oder Astwinkel, damit das Nest von unten und seitlich gestützt wird. Bei der Auswahl des Materials läßt sich das Weibchen nicht nur durch die Haltbarkeit, sondern besonders durch die Farben leiten, wodurch das Nest so gut seiner nächsten Umgebung angepaßt wird, daß man es für einen Baumknorren halten könnte. Da heißt es aufpassen, will man ein solches Häuschen entdecken. Die Hälmchen werden zu Wänden geflochten, die oben dicker als unten sind.

Das Nest hat, wenn es fertig ist, die Form eines Eis, das oben zugedeckt wird und nur eine kleine Öffnung erhält. Es ist nicht weniger als zwei Dezimeter hoch. Daß es innen weich ausgefüttert wird, braucht keiner besonderen Erwäh-

Literatur

nung. Die Türe ist schmal, aber einmal hindurchgekrochen, verfügt das Ehepaar mit den 10–12 Eiern im Nest über genügend Platz. Freilich muß es darin den übermäßig langen Schwanz, der eher dazu da ist, sich in der Sonne zu spiegeln, als im Nest untergebracht zu werden, etwas hochstellen. Drei Wochen sind nötig, um dieses kleine Kunst- und Geduldstück fertigzustellen. Aber welchen Schutz, welche Sicherheit bietet es! Wie herrlich warm ist es, und wie süß träumt in den Nächten das verliebte Pärchen, während das Männchen mit seinem Flügel das an seine Seite geschmiegte Weibchen beschützt!

Die Traulichkeit des Nestes und des Familienlebens lassen aber die gesellschaftlichen Pflichten keineswegs in den Hintergrund treten. Den sozialen Instinkt, der allen Meisenarten anhaftet, findet man am entwickeltsten bei den Schwanzmeisen. Sie holen sich zu Jagden und Spaziergängen ab und fliegen in zahlreicher Gesellschaft aus. Ist auch der Habicht ihr immer gegenwärtiger Feind, vor dem sie sich im Blattwerk verstecken, sobald nur ein dunkler Punkt auftaucht, können sie doch, wenn nichts sie an ihn erinnert, ganz in ihrer Lebensfreude aufgehen, sich gegenseitig jagen, einholen und anspornen.

Meistens dient der Eichenwald als Versammlungsort. Es ist der Mühe wert, sich mit ihnen auf den Weg zu machen und ihnen zu folgen. Ihr weißes, mit schwarzen Strichen geziertes Gefieder wirft bei jedem Flügelschlag einen Glanzstrahl. Alle zusammen setzen sich auf einen dem Walde nahen Baum, wo sie ohne Zeitverlust von Blatt zu Blatt tummeln, ihre Aufgabe als Gärtnergehilfen aber nie vernachlässigen. Ihr unstetes Wesen jedoch läßt sie nicht lange am gleichen Ort verweilen. Die Ungeduldigste gibt das Zeichen zum Aufbruch, und der ganze Schwarm besucht den nächsten Baum, wo das Schäkern und Jagen von neuem beginnt. So geht es von Baum zu Baum, von Wiese zu Wiese, bis die Runde ums Dorf, dessen Kirchturmspitze zwischen den Jahrhunderte alten Nußbäumen hervorragt, gemacht ist.

Doch ein Meischen, das sich von einer lockenden Beute aufhalten ließ, blieb zurück. Nur eine Minute, und es ist von den andern getrennt. Ängstlich schreit es und ruft seine Genossen, fliegt auf einen erhöhten Punkt oder auf den Wipfel eines Birnbaums, um von dort aus mit Augen und Stimme den Horizont zu befragen. Entdeckt es seine Gesellschaft nicht, sucht es einen noch höheren Ausguck, etwa eine Pappel, und hat keine Ruhe, bis es die Reisegesellschaft, die nicht auf Nachzügler wartet, eingeholt hat. Es läßt sich erraten, wie süß der Schlaf nach einem solchen Tageslauf Seite an Seite mit seinem Gespanen auf einem alten, moosgepolsterten Ast ist.

Meisen in der

Die Sumpfmeise Parus palustris L.

Vergeblich wird man nach einer possierlicheren Meise suchen. Die Sumpfmeise ist klein, viel kleiner als die Kohlmeise, die ungefähr gleichviel wie zwei Sumpfmeisen wiegt. Sie fliegt ohne Rast und Ruhe, und dieser Eigenschaft entsprechen ihr untersetzter Körper und ihr großer Kopf. Im Verhältnis zu ihrem Gewicht ist sie viel behender als die Kohlmeise. Dagegen fehlt ihr das reiche, in der Sonne glänzende Kleid. Kaum können einige unmerkliche Färbungen gelb, grün oder blau genannt werden. Nur durch diese schwach ausgeprägten Abtönungen werden wir daran erinnert, daß die Sumpfmeise einer von der Natur reich ausgestatteten Familie angehört. Im allgemeinen muß sie sich mit einem glanzlosen Weiß, einem schattierten Grau, einem bescheidenen Braun und einem schüchternen Rot zufriedengeben. Aus diesen ruhigen Farben aber tritt die große, glänzende Kappe um so vorteilhafter hervor. Diese bedeckt den ganzen oberen Teil des Kopfes und geht vom Schnabel bis auf den Nacken. Reizend ist dieses dicke weiße Köpfchen mit dem weichen, dichten Schopf. Fast kommt es dem Kopf eines Wickelkindchens gleich, so rund ist es, so glänzend sind seine von Zeit zu Zeit aufflammenden Äuglein. Der Schnabel ist spitz, konisch und scharf. Besäße die Meise die Größe des Geiers, wäre wohl niemand vor diesem starken Schnabel sicher, gegen den sich alle Kopf- und Halsmuskeln vereinigen. So klein auch die Sumpfmeise ist, sie ist immer noch zu groß für alle diejenigen, die kleiner und schwächer sind als sie. Wer würde aber in diesem zierlichen Vögelchen wohl den Geier erraten?

Aber wo ist die Sumpfmeise zu Hause? Überall da, wo sich Wasser und Bäume, Birken und Weiden befinden, am Ufer der Seen, der Teiche, in Moorfeldern und sumpfigen Waldlichtungen. Damit wir sie ja nicht verfehlen, suchen wir sie am besten am Saum einer feuchten Matte oder eines bebauten Feldes auf. Trotz aller Vorliebe für Wildbret gelüstet es sie doch manchmal nach einer Mehlspeise, die am besten aus Distel-, Sonnenblumen- oder Salatsamen besteht. Ganz besonders aber liebt sie Hanfsamen. Sehen Sie, hier sitzt sie ja schon auf einem Holunderzweig. Sie ist nicht scheu und läßt uns ruhig nähertreten. Was für eine Frucht hält sie da zwischen den beiden Füßchen? Erst betrachtet sie dieselbe lüsternen Auges und öffnet sie hierauf mit einem wohlausgeführten Schnabelhieb. Dort der schwankende Hanfstengel, den man des Samens willen am Rande des Feldes stehenließ, verrät, wo sie genascht hat. Gerne würde das Schlingelchen zurückkehren, aber es zögert noch: der kleine Raubvogel fürchtet

Literatur

den großen. Doch weder Falke noch Sperber lassen sich in der Nähe sehen, und da der Augenblick günstig ist, faßt die Meise Mut. Kaum aufgeflogen, ist sie schon am Ziel, hängt sich an den Hanfstengel, der schwankt und sich unter der Last biegt, schlägt mit dem Flügel, wetzt den Schnabel und schaukelt sich auf dem inmitten seiner unbeweglichen Brüder in stolzem Bogen schwankenden Stengel. Dann kehrt sie in aller Eile auf ihren Holunderast zurück, um dort die Frucht in Ruhe zu verzehren.

Sehen wir näher zu! Befindet sich nicht in dem halbverfaulten Holunderstamm irgendein Loch, vom Vogel selbst, der sich seines Schnabels wie eines Werkzeuges bedient, hineingemeißelt? Vielleicht entdecken wir dort das Nest der Sumpfmeise. Es ist ein armseliges, schlecht gebautes Nest. Da die Nester, wenn der Hanf reif ist, nicht mehr bewohnt werden, können wir in Muße die Baukunst dieses Vogels betrachten. Die Jungen plaudern in der Nachbarschaft, die Mutter wird zweifellos ihren Gemahl suchen, denn keines bleibt lange ohne das andere. Sie vergöttern sich beide und überschütten sich mit Aufmerksamkeiten. Das Weibchen setzt sich mit einem zärtlichen «Zisisisi» neben seinen Herrn und Gebieter, der in gleicher Weise mit einem «Zizidädä» oder einem andern Laut aus seinem Vogelwortschatz antwortet.

Die Sprache der Sumpfmeise ist nicht reich, wird aber derart betont, daß wir sie, auch ohne das Vögelchen selbst zu sehen, verstehen können. Die Nachrichten sind gut, und bald fliegen beide wieder aus, um Nahrung zu suchen. Was eines erbeutet, bringt es oft dem andern, und immer noch schwankt der Hanfstengel. Doch auch der Gaumen ist launig. Nach der Mehlspeise muß wieder Wildbret auf die Tafel. Nun müssen wir gut aufpassen, wollen wir die Sumpfmeise näher beobachten, denn sie ist die flinkste aller Meisen. Sie übertrifft hierin die Kohlmeise. Nur die Schwanzmeise, weniger stark, aber leichter als sie, könnte ihr in dieser Hinsicht den Rang streitig machen. Nie gab es einen Vogel, der mehr Lebenslust an den Tag legte als die Sumpfmeise. Keine Übung ist ihrem geschmeidigen, sehnigen Körper zu schwer. Überall kann sie sich festklammern, sogar an einem schwachen Blatt. Sie benutzt das schwächste Ästchen, um daran zu turnen. Dank der Kraft ihrer beiden Füßchen vermag sie sich allerorts festzuhalten, und, den Kopf nach unten, läuft und hüpft sie jedem Ast entlang. Mit einem Schwunge dreht sie sich plötzlich wieder, läßt sich los, klammert sich von neuem fest und turnt übermütig, ohne Pause.

Oh, ihr großen Vögel, die ihr beständig in hohen Lüften euch bewegt, was ihr vollbringt, ist schwere Kunst, und Kunst ist Arbeit. Kommt und betrachtet der Meise Flug: das ist eitel Freude und Spiel.

Die hier wiedergegebenen Meisen-Auszüge stammen aus dem 200seitigen Werk «Unsere Vögel» der Avanti-Edition Neuchâtel 1956.

Vogelschutz

Der biologische Aspekt

Das Nahrungsangebot beeinflußt die Sterblichkeit der Vögel. Diese ist einer der wichtigsten Faktoren der Populationsdynamik (Bestandesentwicklung). Mit der Winterfütterung greifen wir z. B. in einen äußerst komplexen Naturvorgang ein. Vögel, die bei uns überwintern, sind an die besonderen Umstände der kalten Jahreszeit angepaßt. Das heißt freilich nicht, daß alle Individuen einer Art den Winter überleben. Immer gibt es solche, die zugrunde gehen; je härter die Bedingungen, desto größer die Sterblichkeit. Erinnern wir uns in diesem Zusammenhang daran, daß auch unter normalen Bedingungen von allen flügge werdenden jungen Singvögeln nur etwa 30% die nächste Brutzeit erleben. Doch bleiben genug übrig, um den Fortbestand der Art zu gewährleisten. Herrschen in einem Jahr sehr ungünstige Verhältnisse, ist der Brutbestand im nächstfolgenden Frühjahr zwar geringer; doch wissen wir auf Grund vieler Studien, daß solche Verluste innerhalb weniger Jahre ersetzt werden, falls sich die Art in normaler Weise fortpflanzen kann. Zusammenfassend könnte man dieses Naturgesetz so formulieren: Jede Art ist an ihre besonderen Lebensumstände angepaßt; sie kann durch extreme Umweltbedingungen, die naturgemäß nicht regelmäßig auftreten, zwar vorübergehend dezimiert (oder gefördert) werden; doch gleichen sich solche Einflüsse durch natürliche Regulationsmechanismen von selbst wieder aus. Durch übertriebene Winterfütterung schaffen wir jedoch unnatürliche Verhältnisse und damit für gewisse Arten haustierartige Bedingungen, die sich auf die Dauer nachteilig auswirken.

Dem eben Gesagten wird oft entgegengehalten, daß wir die Vögel füttern müssen, weil die Zahl ihrer natürlichen Nahrungsquellen immer mehr abnimmt. Es stimmt, daß wir Hecken entfernen, Brachfelder und andere Biotope mit Unkrautgesellschaften zum Verschwinden bringen, die gerade im Winter wichtige Futterspender sein können. Wir müssen indessen das Übel an der Wurzel anpacken und uns für die Erhaltung solcher Mangelbiotope einsetzen. Mit der Winterfütterung können wir dieses Problem leider nicht lösen!

was ist das ?

Der ethisch-erzieherische Aspekt

Wir betreten eine ganz andere Ebene, wo die Naturgesetze, die zuweilen als grausam bezeichnet werden, kaum mehr eine Rolle spielen. Hier steht das Humanitäre im Vordergrund, der Schutz der wehrlosen Kreatur. Wer aus diesem Motiv heraus Vögel füttert, handelt gewiß edel. Doch bedenkt er die Naturgesetze zu wenig und übersieht dabei gern das Leiden der Natur, wenn Feuchtgebiete entwässert, Flächen verbaut, Urwälder gerodet und Pestizide versprüht werden. Alle diese Eingriffe zerstören die Lebensgrundlage von einer mehr oder weniger großen Zahl von Tieren und Pflanzen. Hand aufs Herz: Leiden wir beim Anblick eines Baggers, der ein Riedgebiet zerstört, ebenso mit, wie wenn wir einen ermatteten Vogel sehen, der dem Tod geweiht ist? Wohl kaum! Doch ist jener Eingriff vom Naturhaushalt her gesehen ungleich schwerwiegender als der Tod eines einzelnen Vogels.

Wir müssen uns auch die Gewissensfrage stellen, wie weit das Füttern von Vögeln Alibifunktion hat. Das Schwergewicht des Vogelschutzes muß indessen beim Naturschutz, d.h. bei der Erhaltung des Lebensraumes liegen.

Bestimmt hat das Füttern von Vögeln einen unbestrittenen erzieherischen Wert. Man lernt dabei einzelne Arten zu unterscheiden und ihr Verhalten zu beobachten. Auf diese Weise entwickelt sich allmählich eine Verbundenheit mit den Vögeln und der Natur im allgemeinen; die Winterfütterung bildet so einen Auslöser zu weiteren naturschützerischen Aktionen.

Schlußfolgerungen

Rein biologisch betrachtet ist der Wert der Winterfütterung fragwürdig. Trotzdem mag sich der mitleidende Mensch wider besseres Wissen verpflichtet fühlen zu füttern, wenn die Not am größten ist, d.h. wenn Schnee und Frost das Wetter beherrschen. Was tun? Der reife Mensch wird weder ausschließlich dem Verstand noch ausschließlich dem Gefühl folgen. Für ihn wird daher die Antwort lauten: Füttern ja, aber mit Maß. In der Frage der Winterfütterung gibt es kein Patentrezept. Extreme Standpunkte sind zu verwerfen. Lösen wir das Problem mit gesundem Menschenverstand, wobei Intellekt und Gefühl gleichermaßen mitschwingen sollten.

Interessenten wenden sich für weitere Auskünfte (Nistkästen, Vereinsbeitritte etc.) über Tel. 01/73 14 11 an das Schweiz. Landeskomitee für Vogelschutz SLKV in Birmensdorf ZH.

Ratschläge + Tips

Wann soll gefüttert werden?

- auf jeden Fall nur dann, wenn eine ganz oder nahezu geschlossene Schneedecke liegt, bei Vereisung («Eisregen») oder wenn der Boden durch Dauerfrost hart gefroren ist;
- nur oder vor allem am Vormittag. Am besten sollte die Futterstelle bei Tagesanbruch (wenn die Tiere nach überstandener Nacht am schwächsten sind) schon gefüllt und etwa zur Mittagszeit leergefressen sein. So verfügen die Vögel über genügende Reserven, um nachmittags ihre natürlichen Nahrungsquellen (solche sind auch bei extremen Bedingungen in gewissem Maße vorhanden) zu erschließen.

Was soll gefüttert werden?

a) *Körnerfresser* (= Vögel mit dickem, kräftigem Schnabel)

- Freiland-Futtermischungen; in guten Mischungen bilden Hanf- und *Sonnenblumenkerne,* die sich wegen ihres Ölgehaltes besonders gut eignen, den Hauptbestandteil.
- Getreidesamen können ebenfalls gefüttert werden, sind aber weniger beliebt. Weniger zu empfehlen ist Hirse, ein Ackerunkraut, das die Vögel verschleppen können.
- Die meisten Körnerfresser nehmen auch das nachstehend für Insektenfresser empfohlene Futter an.

b) *Insektenfresser* (= Vögel mit spitzem, schlankem Schnabel)

- Haferflocken, Brosamen / Beeren und Obst (auch faules!) / Nüsse (Pinienkerne; zerhackte Erd-, Baum- und Haselnüsse; *zerstampfte Sonnenblumenkerne*); sie sind fetthaltig und deshalb besonders nahrhaft. / Fett und Quark / Hackfleisch

Allgemeines

- Wenn immer möglich sollte das Futter – besonders das für Insektenfresser – so dargeboten werden, daß es nicht naß wird oder vereist. Am besten eignen sich Futterhäuschen, Futtersäckchen und Fettringe.
- Im Winter finden die Vögel in Form von Schnee, Reif oder Eis stets genug Wasser. Das Anbieten von gewärmtem Wasser ist deshalb völlig überflüssig.

Malerei

Der Maler
muß einsam sein
und nachdenken über das, was er sieht,
und mit sich selbst Zwiesprache halten,
indem er die vorzüglichsten Teile aller Dinge,
die er erblickt, auswählt;
er soll
sich verhalten gleich einem Spiegel,
der sich in allen Farben verwandelt,
welche die ihm gegenübergestellten Dinge aufweisen.
Und nur wenn er so tut,
wird er wie eine zweite Natur sein.

Leonardo da Vinci
1452–1519

Meisen in der

Ordnung: *Passeres* = Sperlingsvögel
Unterordnung: *Oscines* = Singvögel
Familie: *Paridae* = Meisenartige
Gattung: *Parus* = Meisen

SUMPFMEISE

Platt-, Nonnen-, Blech-, Glanzkopf-, Mönch-, Pfütz-, Mehl-, Murrmeise *(vgl. S. 53/54)*

Parus palustris LINNÉ
Lat. *palustris* = an Sümpfen lebend.

Verbreitung: 16 Rassen in 2 Populationsgruppen zusammengefaßt; die 1. in Europa, die andere in Asien, von Osten nach Westen mit zunehmend braunerem Rücken. 3 EUROPA-Rassen: 1. *Parus palustris palustris* L. in Ostpreußen, in den Baltischen Staaten, in Polen und Rußland sowie in Süd- und Mittelskandinavien; 2. *Parus palustris longirostris* KLEINSCHMIDT in Hessen, Rhein- und Emsland, in den Niederlanden, Belgien und Frankreich; 3. *Parus palustris communis* BALDENSTEIN im übrigen Südost-, Mittel- und Südwest-Deutschland, in Jugoslawien, in der westlichen Tschechei, in Ungarn, Österreich und in der Schweiz, hier besonders im Mittelland, Tessin und Jura, spärlich in den Alpen, fehlt im Engadin ganz.
Kennzeichen und Verhalten: Geschlechter gleich gefärbt. – Mauser: Ende Juni und August. – Flügellänge der Männchen 62–68 mm, der Weibchen 61–64 mm. Gewicht um 11 g. – Im Freien an der auffallenden glänzendschwarzen (bei Altvögeln) oder mattschwarzen (bei Jungvögeln) Kopfplatte und am schwarzen Kinn erkennbar; Wangen reinweiß, Halsseiten grau; Schwingen dunkelbraun ohne weißliche Säume. Geht vor seinem Hauptfeind, dem Sperber, in Deckung, lernt dessen Flugbild aus Erfahrung kennen. – Stimme: Gesang von Mitte Januar bis Mai, nur von Männchen; Hauptgesang «djep djep djep», Paarungsruf «ziätziätziätzia». Lockton beider «pistjä», oft mit angehängtem «Dä dä». Weibchen ruft (bei Paarbildung) «twie twie...», auch «tschiep tschiep...», beide rufen «tititiiti»; ärgerlich «tetete».
Lebensraum: Brutvogel in lichten Laub- und Mischwäldern, in Feldgehölzen und größeren Gebüschen, in Obstbaumpflanzungen und Parkanlagen.
Fortpflanzung: Im Januar scharfe Revierabgrenzung (von 0,4–1,6 ha), mit Kämpfen an der Gebietsgrenze, meist nur Imponiergehabe, hastige Lautäußerungen und wechselseitiges Jagen. Von Februar an Paarbildung mit Gesang und unter Jagereien; Gepaarte jagen sich nicht mehr. Das Weibchen wählt die Nisthöhle. Nest meist in Baumhöhlen mit kleiner Öffnung, aus Halmen, Flechten, Moos, mit Schafwolle und Federn ausgelegt. Nestbau nur durch das Weibchen, Beginn 7–8 Tage vor der Eiablage. Ende April, meist im Mai, 7–9 Eier, täglich abgelegt; Grundfarbe weiß mit deutlichen roten Flecken. Ei-Gewicht um 1 g. Nur 1 Jahresbrut. Nur das Weibchen brütet. Brutdauer 14 Tage. Schlüpfgewicht unbekannt. Die Eischalen werden aufgefressen. Schlüpflinge mit graubraunen Daunenbüscheln auf dem Kopf und auch auf dem Unterrücken. Sperr-Rachen lebhaft gelb. Weibchen hudert noch 6–7 Tage nachts, dann übernachten die Eltern in anderen, aber verschiedenen Höhlen. Beide Eltern füttern, nach einigen Tagen das Männchen eifriger als das Weibchen. Nestlingsdauer 18 Tage. Nehmen 3 Tage nach dem Ausfliegen selbständig Nahrung auf, werden von den Eltern noch weiter geführt; bekämpfen sich vom 8. Tag an, schließen sich zuweilen gemischten Meisenschwärmen an, streichen sonst paarweise umher.
Nahrung: Im Frühling und Sommer vorwiegend Insekten sowie deren Larven und Eier. Im Herbst und Winter mehr feine Sämereien von Kräutern (Korbblütlern), Stauden, Bäumen (Birke); auch Beeren. Bei Überfluß tritt Sammeltrieb auf, Ablageplätze oder sogar Verstecke; kann (im Gegensatz zu anderen Meisen) mehrere Körner zugleich forttragen.
Wanderungen: Strichvogel; bildet keine Schwärme, die Altvögel bleiben auch im Winter revier- und standorttreu beieinander. Nur einzelne aus dem Norden oder Osten ziehen im Winter.
Lebensdauer: Durchschnittliche Lebensdauer 15½ Monate, bei Männchen etwas höher.

*Wiedergabe aus
«Mitteleuropäische Vogelwelt»,
bearbeitet von Dr. Kath.
Heinroth, mit Genehmigung des
«Kronen-Verlages»
Erich Cramer in Hamburg.*

Ornithologie

SUMPFMEISE · *Parus palustris* LINNÉ

91

Meisen in der

Ordnung: *Passeres* = Sperlingsvögel
Unterordnung: *Oscines* = Singvögel
Familie: *Paridae* = Meisenartige
Gattung: *Parus* = Meisen

TANNENMEISE

Sichelschmied, Schwarz-, Hunds-, Holz-, Pech-, Spar-, Kreuzmeise *(vgl. S. 53/54)*

Parus ater LINNÉ
Lat. *parus* = Eigenname für Meise, vielleicht aus *parvus mus* = kleine Maus; lat. *ater* = schwarz.

Verbreitung: In Europa (nicht im äußersten Norden), in Asien bis Kamtschatka und Japan, südwärts bis Kleinasien, Persien, Osthimalaja, auf Formosa und in Nordafrika in mehr als 20 Rassen verbreitet. – Unsere *ater*-Rasse auf dem europäischen Festland (nicht in Spanien, Portugal, Sardinien, Korsika, Zypern, auf der Krim, in England und Irland, dort durch andere Rassen vertreten); ferner in Nordasien bis Kamtschatka, südlich bis zum Altai, auch in Kleinasien. – In der Schweiz häufiger Brut- und Ganzjahrvogel, bis an die Baumgrenze sehr stark vertreten.

Kennzeichen und Verhalten: Geschlechter gleich gefärbt. Jugendkleid olivbraun mit niedlichen Tropfenflecken auf den Armdecken; die weißen Teile schmutziggelblich, Rücken grünlichgrau. – Mauser: Ende Juni und August. – Flügellänge 61–64 mm. Gewicht 8–11 g. – Am großen weißen Nackenfleck und dem dicken Kopf von anderen Meisen zu unterscheiden; sträubt oft die Scheitelfedern, ist in ständiger Bewegung, turnt geschickt in den Bäumen, fliegt ruckweise und mit leicht schnurrendem Fluggeräusch. – Stimme: Lockton hell und zart «dih» oder «sit» oder «sirr». Gesang leise und strophenhaft «stihfle stihfle stihfle» und «fize fize fize» oder auch auf der zweiten Silbe betont «widé widé widé», außerdem ein fortlaufender feiner Zwitschergesang, versteckt im Sitzen vorgetragen. Stimme der ausgeflogenen Jungen «titita» oder «tititität».

Lebensraum: Belebt die Nadelwälder (Tannen, Fichten, Kiefern) in der Ebene und im Gebirge, in Westeuropa außerdem auch Mischwälder. Außerhalb der Brutzeit auch in Parkanlagen und Obstgärten.

Fortpflanzung: Im März Trennung aus den Wintergesellschaften und Paarbildung. Höhlenbrüter. Nest in Baumhöhlen, Astlöchern, Spechthöhlen, auch in Erdlöchern, Mauerlöchern und Felsspalten, stets ausgefüllt mit Moos, Halmen, Wurzeln, Fasern, ausgelegt mit Tier- und Pflanzenwolle, aber nicht mit Federn. Das Weibchen trägt die Niststoffe ein, gefolgt vom Männchen, das nicht einträgt, aber das Weibchen füttert. – Im Mai und Juni meist 9–10 Eier, täglich abgelegt; weißlicher Grund mit kleinen, rotbraunen Flecken und Punkten, zuweilen in Kranzform. Ei-Gewicht 1,2–1,35 g. 2. Brut um Mitte Juni, manchmal noch eine 3. Brut. Bei Zerstörung nach wenigen Tagen Nachgelege in neuem Nest. – Brutbeginn nach Ablage einiger (bis 5) Eier. Weibchen brütet allein; Brutdauer 14–16 Tage. Schlüpfgewicht 0,6 g; blinde Nesthocker, nackt, nur auf dem Kopf lange, graue Daunenbüschel. Sperr-Rachen gelb mit dunkler Zungenumrandung. Beide Eltern füttern. Nestlingsdauer 16–17 Tage. Nach dem Flüggewerden wird weiter geführt und gefüttert.

Nahrung: Insekten und deren Larven, Puppen und Eier. Im Winter Sämereien aus den Zapfen der Nadelhölzer; Zerzupfen die Nahrung, dabei festes Einklemmen der Brocken oder Samen unter die Füße; verstecken bei Überangebot Körner in dichten Stellen der Fichtenästchen oder auch in Spalten von Baumstämmen.

Wanderungen: Bei uns Strichvogel, im Norden und Osten Zugvogel. Nach der Brutzeit Umherstreichen in Gesellschaft auch anderer Meisen; von Mitte September an Zuwanderung der weiter nördlich und östlich Brütenden, zeitweise große Invasion, besonders bei Mangel an Nadelholzsämereien in den Heimatländern. Zug meist in südwestlicher Richtung.

Ornithologie

TANNENMEISE · *Parus ater* LINNÉ

93

Meisen in der

Ordnung: *Passeres* = Sperlingsvögel Familie: *Paridae* = Meisenartige
Unterordnung: *Oscines* = Singvögel Gattung: *Parus* = Meisen

WEIDENMEISE

Mattkopf-, Weidensumpf-, Schwarzfleck-, Rhein-, Salmeise *(vgl. S. 53/54)*

Parus atricapillus LINNÉ
Lat. *parus* = Meise; lat. *atricapillus* = schwarzköpfig.

Verbreitung: In einer großen Zahl von Rassen (26) in Europa, Nordasien bis zu den Japanischen Inseln und in Nordamerika. 4 EUROPA-Rassen: 1) *Parus atricapillus salicarius (salicarius* von lat. *salix* = Weide), jetzt bis Flensburg an Dichte zunehmend. Flügellänge der Männchen 59,5–65 mm, der Weibchen 58,5–64 mm. – 2) *Parus atricapillus rhenanus* KLEINSCHMIDT *(rhenanus* = rheinisch), im Rheingebiet; kleiner und bräunlicher als *salicarius;* im Auenwald mit Kopfweiden und Kopfpappeln, Erlen. Flügellänge der Männchen 57,5–62 mm, der Weibchen 56–61,3 mm. – 3) *Parus atricapillus montanus* BALDENSTEIN *(montanus* = im Gebirge lebend), bewohnt das gesamte Alpengebiet (Alpenmeise); etwas grauer und bedeutend größer als *salicarius*. Flügellänge der Männchen 63,2–69 mm, der Weibchen 62,5–68,5 mm. – 4) *Parus atricapillus tischleri* KLEINSCHMIDT, außerdem eine Mischrasse aus Rasse 1 mit der in Osteuropa angrenzenden Rasse *borealis (borealis* = nördlich wohnend), desgleichen eine 2. Mischrasse und eine 3. im Übergang von Rasse 1 zu Rasse 3 im Alpenvorland. Gewicht zwischen 9,8 und 11,8 g.

Kennzeichen und Verhalten: Geschlechter gleichgefärbt; die schwarze Kopfplatte matter und weiter in den Nacken ausgedehnt; helle Federsäume an den Armschwingen, der schwarze Kehlfleck größer. Wangen und Halsseiten reinweiß. Jugendkleid weitstrahliger als beï Altvögeln; der schwarze Kehlfleck seitlich ausgedehnter bis an die Schultern, dadurch der weiße Wangenfleck kleiner und dunkel umrandet. – M a u s e r : zwischen Juni und September. – S t i m m e : Lock- und Warnruf gedehntes «Däh», oft wiederholt mit «zit» davor: «zit däh» oder «zit zit däh», auch «zit zit tschö». Balzruf flötend «zijä zijä zijä ...» oder auch Reihen von einsilbigen «djü djü djü ...», Gesang zur Paarungszeit «plül plül plüljülljülljülljülljüll» oder «tzi tzi tschö plülj plülj plülüllüllüllüllüllj».

Lebensraum: Liebt etwas feuchte Gegenden auf Niedermoor-, Zwischenmoor- und feuchthumösen Sandböden mit Eichen-, Erlenbruch und Birkenwald, lebt in feuchten Mischwäldern und Dikkicht; in West- und Süddeutschland in Flußauen mit Kopfweiden, Laubwäldern und Erlenbrüchen; fehlt auf Lößboden und auf trockenem Sandboden.

Fortpflanzung: Paarung im März. – Höhlenbrüter, Weibchen sucht Niststelle und zimmert die Höhle. Flugloch meist längsoval oder birnförmig ca. 5×3,5 cm, zuletzt hilft Männchen mit, Weibchen trägt Moos, Gras, Fasern, Pflanzenwolle, Haare, Federn ein (bei *rhenanus* beide Partner!). Neststand in morschen Weichhölzern wie Erlen, Weiden, Pappeln, Espen, niedrig über dem Boden. Das Revier vom Männchen verteidigt, Größe etwa 6,5 ha. – Ende April/Anfang Mai 7–8 (bis 10) Eier, rundlich, blaßgelblich mit rötlichen Punkten und Strichen, am stumpfen Pol gehäuft. Ei-Gewicht 09–1,2 g. Zweitbrut noch nicht nachgewiesen. Weibchen brütet allein, vom Männchen meist außerhalb der Bruthöhle gefüttert. Brutdauer 14–16 Tage. Schlüpflinge blinde Nesthocker, nackt, nur auf dem Kopf bedaunt; Sperr-Rachen gelb und schmal hell umsäumt. Beide Eltern füttern, das Weibchen häufiger; Männchen deckt die Jungen nachts während der ganzen Hockzeit. Nestlingsdauer 16–19 Tage. Nach 10 Tagen ernähren sie sich selbst, werden aber noch 3–4 Wochen lang gefüttert.

Nahrung: Vor allem Insekten, deren Eier und Larven; zum Herbst und Winter feine weichere Sämereien (auch fetthaltige) und Beerenkerne. Bei Überfluß Verstecken von Samen in Rindenritzen.

Wanderungen: Strichvogel im Winter.

Ornithologie

Weidenmeise · *Parus atricapillus* Linné

95

Zu guter Letzt

Auch auf hundert Seiten Zusammengetragenes, aus einer Vielzahl von Unterlagen, aus denen mühelos das Mehrfache zu füllen wäre, kann nur Fragment bleiben.

Doch möge dieses Bändchen, das von allen Beteiligten mit viel Liebe, großem Interesse und ideeller Hingabe erschaffen wurde, der angesprochenen Leserschaft eine gern zur Hand genommene Lektüre sein, aus welcher mit einigem Verständnis mehr herausgelesen werden kann, wie Buchstaben vorhanden sind.

Uns Zeitgenossen des sich unentwegt entwickelnden Fortschrittes ist es gegeben, je länger desto mehr Wissen in stets noch kürzeren Zeiteinheiten mühelos abzurufen.

Für ein Quentchen Weisheit und Erfahrung jedoch reicht kaum ein Menschenalter.

Wir kennen und beherrschen zusehends mehr Details auf Kosten eines breiten, ausgewogenen Allgemeinverstehens und entgleiten so damit dem Wissen um die Kausalität; verlieren die Gabe der Intuition, mißtrauen damit den ureigensten Gefühlen und sind nicht mehr bereit zu glauben, was weder wissenschaftlich beleg- noch logisch erklärbar, stehen inmitten unserer technokratischen Entfaltung in einer noch nie dagewesenen Diskrepanz zur Natur, aus der wir stammen, und streben solcherart unter Anrufung höchster Effizienz nach der absoluten Ordnung in der Ordnung.

Dieses Brevier, im Orwell'schen Jahr verlegt, erhebt keinerlei Anspruch, dieser Neuzeit gerecht zu werden, jedoch – und das scheint mir wesentlicher – vermag es sicher vielen Menschen über zwei Dinge manches zu sagen.

Dem Herausgeber, der das Ganze erst ermöglichte, sei an dieser Stelle mit den letzten zur Verfügung stehenden Lettern gedankt.

Fritz Matti

Quellen

Wo nicht schon durch Marginalien oder im Text vermerkt, da mit ausschließlicher Genehmigung aus Werken, Handschriften, Illustrationen oder Manuskripten nachstehender Bibliotheken, Sammlungen, Verlage, Betriebe oder Autoren:

THESAURUS LIBRORUM DELICATORUM / LEGATUM FRANCORUM CAROLINENSE	EGG ZH
IHRER MAJESTÄT KÖNIGIN ELISABETH II. BIBLIOTHEK	WINDSOR
BIBLIOTECA NACIONAL	MADRID
DEUTSCHE BÜCHEREI	LEIPZIG
EIDGENÖSSISCHE LANDESBIBLIOTHEK	BERN
ZENTRALBIBLIOTHEK	ZÜRICH
STAATSARCHIV	ZÜRICH
ZENTRALE FÜR WIRTSCHAFTSDOKUMENTATION DER UNIVERSITÄT ZÜRICH	ZÜRICH
SCHWEIZ. LANDESKOMITEE FÜR VOGELSCHUTZ / ZENTRALSTELLE BIRMENSDORF	
KANTONALVERBAND FÜR VOGELSCHUTZ	ZÜRICH
VOGELWARTE SEMPACH / DR. EDUARD FUCHS	SEMPACH
PHILOSOPHISCH-ANTHROPOSOPHISCHER VERLAG AM GOETHEANUM	DORNACH
NATURWISSENSCHAFTLICHE SEKTION AM GOETHEANUM	DORNACH
STIFTUNG SEEBÜLL ADA UND EMIL NOLDE	NEUKIRCHEN
KRONEN-VERLAG ERICH CRAMER GMBH	HAMBURG
HELVETICA-SAMMLUNG HANS ROHR	ZÜRICH
SAMMLUNG GÖSCHEN	LEIPZIG
VERLAG A. FRANCKE AG	BERN
VERLAG AVANTI-CLUB	NEUCHÂTEL
VERLAG H. EUGSTER	HEIDEN
VERLAG GALERIE WELZ	SALZBURG
VERLAG A. BOSS	SCHÖNBÜHL
LEXIKOTHEK-VERLAG	GÜTERSLOH
HEIERMANN-VERLAG	MÜNCHEN
UNILEVER MAGAZINE INT.	BANBURY
EIDGENÖSSISCHE FORSCHUNGSANSTALT FÜR LANDW. PFLANZENBAU	ZÜRICH
ÖL- UND FETTWERKE SAIS	ZÜRICH
SCHWEIZ. MILCHGESELLSCHAFT AG	HOCHDORF
WESPI-MÜHLE WÜLFLINGEN	WÜLFLINGEN
WELEDA AG	ARLESHEIM
RODENSTOCK-PUBLIKATION	MÜNCHEN

Spezifische Beiträge:

PROF. DR. HANS E. HESS	ZUMIKON
PROF. DR. HANS RIEBER	ESSLINGEN
PROF. DR. M. URBAN	SEEBÜLL
DR. H. C. JULES KORYBUT	HEIDEN
DR. H. KREIENBÜHL	HOCHDORF

Die Meisenaquarelle stammen von FRANZ MURR *und* R. A. VOWLES
Als Farbfotografie-Autoren zeichnen
    JULES KORYBUT, HEIDEN; SAIS, ZÜRICH; FRITZ MATTI, ZÜRICH
Die Reproduktions-Fotografie besorgten MOECKLIN AG, FOTOLITHOS, WINTERTHUR;
    PROLITH AG, KÖNIZ; REPROSTUDIO MATTI, ZÜRICH
Druck der Kunstblätter auf Seiten 43, 45, 47 und 91, 93, 95
    KUNSTKARTENVERLAG A. BOSS AG, SCHÖNBÜHL
Druck des Ausfalters auf Seite 41
    ZIEGLER DRUCK- UND VERLAGS-AG, WINTERTHUR
Durchsicht und Kontrollen besorgten PETER GOLDER UND HERBERT SKALA
Gesetzt, gedruckt und verlegt in der OFFIZIN DES GEMSBERG-VERLAGES, WINTERTHUR
Gebunden und ausgerüstet durch GROSSBUCHBINDEREI WEBER AG, WINTERTHUR

wo was

1. Teil
Von den Sonnenblumen

Zum Geleit	1
Ein Wort zuvor	3
Eine Erläuterung	4
Historisches	5–20
Hans Hess erzählt	21
Neuzeitliches	22/25
2 Sonnenblumenbilder	26/27
Vom Mehl	28/29
Vom Öl	30–33
Der Sonnenblumen-Vater	34/35
Vom Honig und vom Futter	36/37
Streiflichter	38–40
Sonnenblumen-Gemälde	41–47

2. Teil
Über die Meisenvögel

Historisches	49–52
Wer kennt die Namen?	53–56
Johann Ulrich Ramseyer erzählt	57–72
Streifzüge mit Eugène Rambert	73–85
Über den Vogelschutz	86/87
Ratschläge + Tips	88
Leonardo über die Maler	89
Meisen, ornithologisch gesehen	90–95
Gedanken zum Schluß	97
Quellen	98
Register	99